Os ossos
da noiva

Os ossos da noiva

Charles Kiefer

Ilustrado por
Hélio de Almeida

Amarilys

Amarilys é um selo editorial Manole.

Capa e projeto gráfico
Hélio de Almeida

Dados Internacionais de Catalogação na Publicação (CIP)
(Câmara Brasileira do Livro, SP, Brasil)

Kiefer, Charles
Os ossos da noiva / Charles Kiefer ; ilustrado por
Hélio de Almeida. -- Barueri, SP : Manole, 2010.
ISBN 978-85-204-2960-0
1. Ficção brasileira I. Almeida, Hélio de. II. Título.
09-09722 CDD-869.93

Índices para catálogo sistemático:
1. Ficção : Literatura brasileira 869.93

1ª edição – 2010

Direitos exclusivos desta edição reservados pela
Editora Manole Ltda.
Avenida Ceci, 672 – Tamboré
06460-120 – Barueri – SP – Brasil
Tel.: (11) 4196-6000 – Fax: (11) 4196-6021
www.manole.com.br
info@manole.com.br

Impresso no Brasil
Printed in Brazil

A Márcia Zampese, pelos temperos,
e a Laury Maciel, pelo mote.

A trama cruzou-se com a urdidura:
está nascida a tapeçaria.
Todos os arremates foram concluídos,
dados os nós,
o tecelão partiu.

José Saramago

Tia, suponho que hoje, quando deste o último ponto na toalha de crochê, antes de espetares a agulha no restante do novelo, suspiraste aliviada, passaste as mãos no rosto, alisaste as sobrancelhas, esfregaste os olhos, recolheste os cabelos num mal-apanhado chignon *sobre a nuca, fitaste um ponto indefinido no espaço, e, depois de fechar os olhos, tornaste a pressionar as pálpebras com as falanges dos dedos fletidos. Retiraste um cigarro da carteira, riscaste um fósforo, sugaste-o com avidez, prendeste a fumaça no pulmão.*

Terminar uma nova peça sempre produzia em ti uma mescla de decepção e euforia, sentimento ao qual não escapaste nesta manhã. Embora satisfeita com o próprio trabalho, não conseguiste evitar a sensação de perda, de vazio, o estilhaçamento interior. Sabias, tu bem o sabias, que enquanto as tuas mãos não se dedicassem à produção de outro trabalho a angústia e a solidão persistiriam. Assim, com obstinação de formiga, dia após dia, mês após mês, ano após ano, teus dedos longos e ágeis foram tecendo cortinas, tapetes, colchas, jogos de cama e mesa. Hoje pela manhã, te demoraste a saborear o cigarro, tinhas todo o tempo do mundo, fumaste-o até o filtro, quase queimaste os dedos, esmagaste-o no cinzeiro cheio. Depois, estendeste a nova peça sobre a mesa redonda e te quedaste a contemplar as intrincadas linhas do desenho, a harmonia entre as formas e os vazios, as correspondências entre o núcleo central, de onde tudo partia, e os temas, que se repetiam. Teus dedos acompanharam o entrançado das linhas, a palma de tua mão correu sobre a superfície, num gesto mais de carícia do que de alisamento de possíveis dobras e ondulações. Com a mão apoiada no queixo, te afastaste, andando para trás. Na penumbra da sala, a toalha refletia uma luz crua, vibrante. Não me recordo de teres produzido peça melhor, mais equilibrada, mais perfeita. Concordaria contigo, como sempre, que tua rapidez e destreza com a agulha solteira vinham diminuindo a cada dia — tuas juntas emperravam, se enrijeciam, tua vista falhava —, mas a composição de teus motivos tornava-se cada vez mais complexa, mais sutil, mais densa; a agitada alegria dos primeiros tempos ia cedendo espaço a uma suave tristeza; a mão impaciente e dispersa adquiria maior serenidade e precisão. Esta toalha, podes ficar tranquila, fará sucesso na feira beneficente do Natal deste ano. Eles nem perceberão tua ausência, nos teus trinta e seis anos de isolamento nunca perceberam. Sempre que doavas roupas usadas, finíssimas peças de frivolité, *livros, sapatos, arranjos florais, os hipócritas te agradeciam. "Deus dê saúde e felicidade a tua tia", me diziam, cer-*

tos de que eu te transmitiria o recado, felizes até por não teres comparecido à quermesse.

Vacilaste. O melhor teria sido deixar a toalha na mesa, irradiando luz à sala ínsula. Mas uma toalha assim, vistosa, quebraria a soturnidade que sempre admirei tanto nesta casa. Os móveis de mogno, pesados, antigos, escuros, as paredes cinzentas, enfeitadas com as pinturas de caça e naturezas-mortas, os tapetes sombrios, tudo compõe um ambiente que me recorda as histórias de terror que me contavas. Eu também não manteria a toalha sobre a mesa, ela desfaria o tom lúgubre da sala, desmancharia o clima que compuseste com tua obstinada espera.

Tia, estou tentando escrever um romance sobre a tua vida. Creio que este sempre foi o teu desejo. Confesso que tomei algumas liberdades, mas não inventei novas personagens, e as situações são as que tantas vezes me contaste. A noite vai ser longa, ninguém virá para o velório, tenho certeza. Hoje, temos tempo suficiente. Leio em voz alta, como sempre fazias.

José Cármio era um homem sereno e detestaria saber que eu o pintei impaciente, a medir com passadas curtas o rápido intervalo entre a janela, que dava para a rua principal, e a porta do corredor, como Henry James pintou a baronesa Eugênia Münster numa hospedaria de Boston. Um pequeno quarto de hotel, no centro de uma cidade insignificante, onde não há móveis escuros e envernizados, tapetes persas e cortinas esvoaçantes, não é o lugar ideal para o início de uma história de amor. Paredes nuas e frias não se prestam à plasticidade que requer uma descrição convincente. Um personagem — e José Cármio, hoje, não passa de um personagem —, abandonado à solidão e à exiguidade, precisa de muita vida interior para se sustentar ou o narrador o força a movimentos inquietos, intercalados por longas e enfadonhas rememorações.

No banheiro, onde há instantes entrou, depois de acordar-se de uma noite de sonhos agitados, o caixeiro-viajante alisou o rosto, a mão a contrapelo, e percebeu que alguns fios de barba, próximos à orelha esquerda, resistiam ainda à lâmina. Apanhou a navalha e, com a lentidão característica de seus gestos, escanhoou-se outra vez. Despejou a lavanda nas palmas das mãos em concha, esfregou a fronte, a face, o pescoço e o peito, e fitou o rosto no espelho retangular acima da pia. Uma fissura partia o vidro em dois. José Cármio sorriu, não era um negro beiçudo, de cara amassada, tinha o nariz quase ariano, o perfil másculo, a mandíbula projetada, os malares salientes e o osso frontal amparado em grossas sobrancelhas e desnudado por largas entradas. Havia algo, no entanto, no seu semblante que ultrapassava a incorreção produzida pela imagem quebrada do espelho, algo que nem tu, tia Circe, foste capaz de perceber. Não que em seu rosto se desenhasse um caráter falso, não, isso não, mas ele não conseguia esconder uma certa truculência, nem reprimir a ânsia e a cólera que transitavam pela sua alma. A própria miopia, que o obrigava a usar óculos, reforçava essa impressão. As grossas lentes compunham um ar de seriedade, necessário a qualquer vendedor, é verdade, e que ele aumentava com roupas sóbrias, calças pretas, camisas azuis, ternos escuros e gravatas de nós perfeitos. O corte de cabelo, marcial, servia de arremate, impunha ao conjunto uma dignidade hierática.

Na manhã de dedos de rosa, como diria João Felício, nosso melhor alfaiate, o negro saiu do

banheiro, apanhou a camisa no espaldar da cadeira, vestiu-a, abotoou-se, abriu o armário embutido, retirou do cabide o paletó cinza de riscas brancas, aproximou-se da cama e demorou um instante a contemplar a colcha de retalhos jogada sobre uma cadeira. Soubesse, tia, que foram as tuas mãos que costuraram aqueles pedaços, mãos que ele iria afagar, mãos que correriam pelo seu corpo, sentiria um ruflar de asas pelo quarto, um estremecimento, mas nós, homens, ainda somos inábeis para compreender as coisas, um vaso, uma chave, uma garrafa, um bolo, somos incapazes de ler o destino no entrançado das linhas e pespontos, no cruzamento das ruas, nos encontros casuais de vaga gente na calçada.

Ontem — neste falso ontem que a minha opção narrativa impõe —, depois de ter desfeito a mala, José Cármio dependurou as roupas nos cabides, poliu os sapatos, cortou, lixou e esmaltou as unhas como ninguém antes, em Pau-d'Arco, ousara fazer. Éramos gente de hábitos mais rudes. Não que nossas unhas estivessem sempre sujas de terra ou de graxa, ao final do dia também fazíamos a nossa higiene, mas pintá-las parecia-nos coisa de mulher em véspera de baile. Um bom vendedor, mais tarde ele nos diria, pernas cruzadas, o olhar meio vago, um pedaço de bolo de chocolate pendente da mão esquerda, precisa ser ele próprio um cartão de visitas. "Especialmente aqui, na colônia, onde o preconceito é muito grande", e acentuava bem a palavra *colônia*, quase escandindo as sílabas, superior. Vinha da capital, tinha o direito de se sentir diferente, e era negro. Não fora fácil conquistar os comerciantes da cidade, alemães e italianos, que o recebiam em suas lojas e armarinhos com indisfarçável desprezo. Ele também nos contaria que alguém chegara ao ponto de escrever uma carta anônima à matriz, em Porto Alegre, reclamando de seu trabalho. Nesse texto, que jamais vimos, não havia nenhuma referência a sua cor, mas os motivos eram tão inconsistentes que o velado se revelava. Os argumentos de José Cármio eram tortuosos, não estávamos preparados para tanta retórica, mas acreditamos. Não tinha por que mentir, parecia-nos. Assim, altivo, quase prepotente, recusou-se a trocar de praça. E, enfim, com as repetidas visitas, elegante e sóbrio, perfumado, dedicado e afável, acabou por conquistar Pau-d'Arco. Carregou a carta anônima na maleta durante os vários meses que frequentou a tua casa, tia Circe, arma com que nos ameaçava. Era, sim, um bom vendedor, é preciso reconhecer, abriu mercado para os produtos de *Bromberg*, recebeu elogios e prêmios da matriz, e, de quebra, conquistou a mulher mais cobiçada da cidade.

Ontem à noite, depois de colocar seus objetos de uso pessoal em ordem, José Cármio saiu à rua, circulou por Pau-d'Arco, para *senti-la*. Atravessou-a de ponta a ponta, cão de caça, farejava.

Na avenida principal, encontrou a nossa loja, *Ferragens Brechen*, e nas ruas transversais, outros dois ou três pequenos armarinhos. De grão em grão as galinhas enchem o papo, dizemos aqui. E nas lendas antigas, de vez em quando, elas engolem diamantes. Nossas ruas eram, naquela época, limpas, arborizadas, de calçadas estreitas, muito diferentes do que são hoje. No centro, ao lado da farmácia, ele parou diante do prédio do *Cine Imperial*, que anunciava *E o vento levou.* Mais que o filme, chamou-lhe a atenção os retratos de Vivien Leigh e Clark Gable pintados por Diógenes, meu vizinho de porta, que além de enfeitar a vitrine do cinema com seus cartazes perfeitos trabalhava ainda como projetista. José Cármio já tinha visto a *película*, como costumava dizer, em Porto Alegre, mas prometeu a si mesmo que iria vê-la outra vez se pernoitasse na cidade no dia seguinte. Circulou ainda uma hora ou duas no seu passo cadenciado, a fronte erguida e orgulhosa, creio que era sua forma de compensar a baixa estatura, respirou fundo o ar suave de nossas luminosas noites de outono. Satisfeito com a *vistoria*, um pouco antes das dez horas regressou ao hotel *Mirandinha*.

Deteve-se na portaria, escorou-se no balcão, apanhou um cigarro na carteira, pediu fogo. O porteiro, filho de Zenilda, a cozinheira do casarão Brechen, sorriu, abriu uma gaveta, retirou um isqueiro, atencioso, como sempre somos com os forasteiros.

— Donde vem? — quis saber o rapaz, antes de bater a pedra.

— Porto Alegre — respondeu o negro com indiferença, levou o cigarro à boca, ficou à espera.

O outro esticou o braço, José Cármio encostou o cigarro na chama, tragou, segurou a fumaça nos pulmões, os olhos fechados.

— É longe? — quis saber o porteiro.

— Muito — respondeu o caixeiro-viajante. Não conhece? — perguntou, e só então reabriu os olhos.

— Nunca saí daqui — suspirou. Tinha o sotaque carregado, como todos nós.

— E não gostarias de viajar?

— Ah, é o meu sonho. No ano passado, quase fui embora com o circo, mas a mãe não deixou — disse, tornando grave a voz aguda.

— Quantos anos tu tens? — quis saber José Cármio.

— No mês que vem, faço vinte e um — respondeu. Forçou a voz outra vez.

— Como te chamas?

— Pedro.

José Cármio percebeu que havia alguém num dos cantos do vestíbulo, escondido na penumbra. Afundado na poltrona, pernas abertas, gravata frouxa, parecia sorrir. Era gordo, de meia idade, parecia simpático. O barulho de uma charrete nas pedras do calçamento chamou a atenção dos três, que olharam para a rua.

— Deve ser o padre — disse o porteiro e coçou a cabeça. O negro mexeu nos bolsos do paletó, como se procurasse alguma coisa, não sabia o que fazer com as mãos. Ouvia-se apenas o tilintar dos cubos de gelo no copo do homem da penumbra e o ruído das rodas, que se afastava.

— Quanto tempo tu esperarias por alguém? — o homem da penumbra perguntou, à queima-roupa, ao caixeiro-viajante.

— Ele já me fez esta pergunta — Pedro disse.

— Como assim? — retrucou José Cármio, irritado.

— Se tu fosses abandonado, esperarias quanto tempo que *ela* voltasse? — explicou o homem.

José Cármio, tenso, ajeitou o nó da gravata, raspou a ponta do sapato no balcão. Depois sorriu, não podia ser mais que coincidência, o homem não sabia de nada, sequer se conheciam.

— Um ano — respondeu.

— Um ano? — indignou-se o homem. — Um ano é demais. Eu espero seis meses, depois desisto — disse e arrotou.

— Eu esperaria três — intrometeu-se o porteiro.

— Três anos? — tornou a indignar-se o homem do sofá. Entornou o restante do uísque, arrotou outra vez.

— Não, três meses — disse o porteiro e riu.

— Um ano — repetiu o negro, pensativo —, eu esperaria um ano.

O diálogo da noite anterior deixara fundas marcas no espírito de José Cármio, sensação incômoda que ainda o impressionava. Coincidência, não era mais que coincidência o encontro de dois homens abandonados na portaria de um hotel. Apanhou a escova, passou-a nas costas, nos ombros e nos braços do paletó, enrolou a gravata ao pescoço, prendeu-a entre os dedos da mão esquerda, enfiou entre eles a outra ponta e compôs o nó perfeito, retangular. Ajustou-a, alisando-a em toda a sua extensão, como o pai lhe havia ensinado. O nó de gravata trazia-lhe sempre à memória a imagem do velho. "Por onde andaria?", perguntou-se. Engoliu em seco, como fazemos nós, os homens, quando queremos evitar as lágrimas. Era estivador, analfabeto. Tinha boas maneiras à mesa e bom gosto no vestir. "Pobre antigo", penso que José Cármio tenha pensado. Certa manhã, despediu-se da mulher, beijou a meia dúzia de negrinhos sonolentos, saiu para o trabalho e nunca mais voltou. Como estaria? Se vivo, velho; se morto, em que *cova medida*? E a mãe, conheceria as razões que o levaram a desaparecer? "Os abandonados sempre sabem", murmurou José Cármio e passou a mão sobre o abdômen. Recordou o propósito de emagrecer, nos últimos meses vinha sentindo a gordura depositar-se ao redor dos mamilos, no baixo-ventre, nas coxas. "É impossível manter minha dieta aqui", concluiu, e ficou a imaginar o café colonial, que àquela hora da manhã já devia estar servido. Alisou outra vez a face barbeada, esticou os punhos da camisa sob o paletó e saiu para o refeitório.

O salão ainda estava vazio, bem a seu gosto. Arrastou a cadeira e sentou-se no canto da sala, à direita, próximo à janela. Dali, podia controlar a entrada de pessoas, conferir os cortes de cabelo, os vincos de calças malfeitos, as gravatas tortas, e, entre um gole e outro de café, um pedaço de pão e uma bolacha de polvilho, fitar o cinamomo, acompanhar o balançar suave das folhas, sentir no rosto a brisa matinal. Reparou — como não repararia? — o ar de reprovação da serviçal, que se aproximava com o bule fumegante. Nunca viu um negro?, teve ímpetos de perguntar à mulher. Podes pegar aqui no meu braço, ó, tem osso e carne, aqui os cabelos do peito, aqui o umbigo. Homem, deixa-te disso, te vingarás depois com uma polpuda gorjeta. Gostava da palavra, *polpuda*. A mulher, *padolpu*, se afastou, *dapolpu*, gingando. O vestido apertado, *poldapu*, realçava-lhe ainda mais os quadris largos, a bunda grande, *pudalpo*. Tornou a recordar a inesperada pergunta do gordo sentado na penumbra do *hall* e de Adélia, a ex-mulher, Adélia nua pelo quarto, Adélia ali, tão próxima, bastava estender o braço e tocá-la. José Cármio deslizou as mãos nas suas coxas grossas, acariciou-lhe as nádegas, Adélia gemia, é assim

que eu gosto, continua, não para, José Cármio empurrou-a para a cama, inclinou-se sobre ela, beijou-lhe o pescoço, enfiou a língua na sua orelha, para, eu não aguento, abocanhou os mamilos endurecidos, mordiscou um, depois o outro, desceu ainda mais, demorou-se a lamber-lhe o umbigo, embrenhou-se enfim na vasta penugem, aspirou o cheiro de terra esquecida, sentiu o gosto de manga verde. Não para, não para, ela gritava. Depois, o corpo da mulher estremeceu. Esperarias quanto tempo que *ela* voltasse?, ouviu a voz cavernosa do gordo. Adélia na cozinha, vou te dar um presente, ela dissera; e fitou-o com ternura, sempre doce, do outro lado da mesa, mas já distante. Um presente?, ele indagou antes de apanhar a cafeteira. Vertia o café na xícara, o café negro, negro. De aniversário, ela continuou. Sabes, Dé, que não gosto de festas. Sei, ela disse, sei muito bem. Passava geleia de uva sobre o pão tostado, mastigava com lentidão, bebia um gole de café. Amanhã, ela disse, vou embora amanhã. José Cármio engoliu o líquido quente, queimou a língua, o céu da boca. Tantos anos, nenhuma ameaça, nunca. Sentiu na face o vento leve, a aragem que atravessava o refeitório do hotel. Amanhã não, ele disse, amanhã vamos jantar no *Tívoli*. Depois, vamos dançar. A bolacha de polvilho se desmanchou na boca. No quintal, um velho cortava lenha. Do ângulo em que estava, José Cármio via-o quase inteiro, menos os pés. O homem

arqueava o corpo, apanhava a madeira cortada, jogava-a num montículo. Depois, depositava outro pedaço sobre um cepo, levantava o machado, detinha-se um instante, concentrado, e descia-o com força. Tinha os ombros largos, os cabelos brancos, meio azulados, o pescoço curto. A cada talho, o negro imaginava que os dentes do velho se comprimissem nas arcadas, que a musculatura de seu rosto se tensionasse. Quero ter, pensou José Cármio, um rosto assim. Supunha o rosto do velho marcado por sulcos mas sereno, um rosto bom de se fixar numa chapa de nitrato de prata. Tia, José Cármio não te disse que na galeria de sonhos irrealizados ainda havia espaço para mais um, o de fotografar gente idosa? Imaginava fazer até uma exposição no saguão de entrada da empresa em que trabalhava, em Porto Alegre. Afixaria na porta de seu apartamento uma plaquinha, *José Cármio, fotógrafo*. Seria o fim das correrias, o adeus às estradas empoeiradas, aos hotéis baratos, às mulheres de aluguel. "Adeus panelas, tubos plásticos, válvulas sanitárias", gritaria na amurada da ponte do Rio Guaíba, antes de jogar a maleta no rio. O quadro da janela — já via o mundo com olhos de fotógrafo — compunha a moldura interna, o tom avermelhado contrastava com o azul do céu, o verde do limoeiro e o quadrilátero alaranjado da camisa do velho. Um minuto, espere um pouco, segure o machado no ar, não corte o lenho ainda. Incline o fio, isso, assim. Se eu conseguir captar este reflexo, o traço de luz que corta a imagem em duas, será uma obra-prima. Pronto, só mais uma. Vire para cá, vamos fazer a última do rosto. Um *close-up*. Ainda devaneando, levantou-se e foi até o *buffet*, apanhou um copo de suco de laranja. Na volta, deteve-se diante da janela aberta. O velho continuava a trabalhar. Súbito, virou a cabeça e José Cármio viu um buraco entre o olho e a boca, do tamanho de uma bola de tênis, e a dentadura exposta, o sorriso artificial. O negro correu de volta à mesa, sentou, bebeu sem respirar, de olhos fechados. Repetia para si mesmo, "não quero um rosto assim, não quero um rosto assim". O pão branco, o de centeio, as finas fatias de salame, os patês, as tortas, nada mais lhe apetecia. Batia os dentes, como se mastigasse o ar. Para com isso, costumava dizer Adélia. Ele arreganhava os lábios, ria, e continuava a bater as arcadas, só para vê-la furiosa. Depois, apanhava outra garrafa de cerveja, punha o gargalo na boca e arrancava a tampa com os caninos. Não sei como é que tu consegues fazer isso. "Dente de negro é melhor que abridor." Não te dá arrepio? "Me dá, é claro que me dá, quando tu pões a mão aqui, ó."

— Servido? — perguntou a garçonete.

— Obrigado — respondeu José Cármio.

A mulher se afastou com passos miúdos, o negro se pôs de pé, empurrou a cadeira, provocativo, ruidoso, mas ela sumiu atrás de uma cortina. José Cármio sentiu um pouco de despeito, deu dois passos em direção à saída, lembrou da gorjeta. Retornou, abriu a carteira, retirou uma nota, depositou-a sob a travessa dos frios. Olhou outra vez para a janela, mas o velho canceroso havia desaparecido.

Voltou ao quarto, escovou os dentes, sentado na cama. Fitou a parede branca, sem nenhum ornamento. Uma mancha de umidade trouxe-lhe à memória o dia em que, há mais de um ano, entrara em casa e a encontrara quase vazia. Adélia levara os quadros, as fotos, a cadeira de balanço. Era estranho que doesse mais agora. Os sentimentos tinham se aquietado e podia ver, com absoluta nitidez, o próprio fracasso. A tinta da parede, nas áreas protegidas pelos quadros levados pela mulher, não desbotara. A cor original permanecia lá, o mesmo tom, o mesmo brilho, imunes à ação do tempo e da luz. Talvez o amor, pensou, seja sempre assim: destruído, arrancado, revela, pelo que já não é, o que foi. Um dia depois do aniversário, sentara-se no bar da Praça Quinze. "Um chope sem colarinho", pediu. E depois ficou a tarde inteira a observar os passantes, os casais de namorados, os pombos, a sujeira do Mercado Público, os bondes. Às vezes, dirigia-se ao banheiro, no interior do chalé, conversava com algum amigo, indagava sobre o andamento do jogo de futebol. Precisava dar a Adélia a chance de partir. Tivesse ficado em casa, ela não teria forças. Dignidade na queda era o que o negro

buscava, na tarde sob os plátanos. Pelo tom de voz de Adélia, pelo seu olhar opaco, soube que a separação era irreversível. Um dia, a hora da verdade soaria. "Imaginavas que a tinhas sob controle?" Sim, ele se respondia, doce, calmo, com inusitada humildade interior. "Tolo, quando compreenderás que as mulheres não podem ser subjugadas nunca? Ainda as mais passivas, ainda as que se levantam no meio da noite, depois das pescarias, para limpar os peixes gosmentos; ainda as mais apaixonadas, capazes de esperar semanas por um instante de prazer sem bater portas, sem quebrar louças, sem jogar os talheres na mesa. Adélia até que suportaria as tuas acusações, o ciúme doentio, podia fingir, inclusive, que não te ouvia, se duas vezes por semana, ou até mesmo uma, a levasses para passear, andasses com ela de mãos dadas pela rua. Se Adélia se sentisse amada, se não fosses tão autossuficiente, tão fechado em ti mesmo, tão incapaz de ouvi-la, te perdoaria. O que não podia era mendigar o teu amor. Adélia partiu porque se sentia, mais que tudo, um estorvo na tua vida." José Cármio se levantou, esfregou os olhos, com os punhos cerrados, estalou os dedos, puxou as próprias orelhas, abriu os braços o mais que pôde, fez estalar juntas e articulações, respirou com violência, cinco, seis vezes, apanhou a maleta e saiu à rua, na sua primeira manhã em Pau-d'Arco, há trinta e sete anos, disposto a fazer uma venda exemplar.

Tia, limpaste o cinzeiro de pedra calcinada, acendeste mais um cigarro, pensativa. Circulaste ao redor da mesa, sem despregar os olhos da ilha de luz. Súbito, sentiste um frio no estômago, uma vertigem, e te aproximaste, perplexa: a estampa, de alguma forma, estilizava um casal a dançar. No centro do salão, o par rodopiava solitário, sob os olhares de dezenas de pessoas. O homem e a mulher iam dançando, dançando, até que alguém começava a rir. O riso, a princípio, assemelhava-se a um córrego de montanha, depois vinha descendo, engrossando, e tomava conta do clube. Tragaste fundo, quase com raiva, e mordeste a ponta do filtro. Sim, mantiveste o teu ódio aceso por trinta e seis anos, como dois faróis dentro da noite, como os grandes olhos das corujas, mas já é tempo de descansares. Desceste as pálpebras sobre as pupilas, pupilas que me faziam pensar em velhas lamparinas a querosene, cerraste-as com lentidão, e deixaste que a fumaça das lembranças se espalhasse e permitisse recompor cada traço do rosto que amaste. Tornaste a abrir os olhos e a contemplar a toalha sobre a mesa e a cena retornou, tão viva quanto um peixe recém-saído da água, e ouviste outra vez o riso, a chacota em crescendo, a acompanhar o som das cordas e dos metais. Uma branca, em Pau-d'Arco, não podia dançar com um negro, não no Clube Comercial. Arrancaste a toalha da mesa e a dobraste muitas vezes e, depois de colocá-la dentro de uma sacola, subiste os degraus da escada de mármore. A meio, te detiveste, lívida, ofegante. Percorreste o vazio, te fixaste por um segundo nas cortinas de tule. Reencetaste a subida, depois de tomar fôlego. Doíam-te as juntas, os ossos pesavam. Abriste a porta do quarto, aspiraste o adocicado cheiro de alfazema e caminhaste até a cômoda. Guardaste a sacola, empurraste a gaveta com o joelho, decidida a doar a toalha. Escolheste alguns vestidos, blusas e saias no roupeiro, meteste-os num saco de aniagem. No interior do guarda-roupas, na busca de mais coisas para a quermesse, percebeste que um casaco, nem tão antigo, estava pontilhado de furos de traças. Investigaste com atenção e descobriste várias outras peças atacadas. Tia, sentaste na cama, tomada de desânimo, esmagada, trêmula. "Podem comer, não vou usar mesmo", disseste. Massageaste a sola dos pés, os joelhos, os pulsos. Uma dor surda e fina latejava pelo teu corpo. Imaginaste as traças perfurando-te os ossos, fazendo túneis, galerias, podias sentir as brocas, as punções e as chaves de fenda microscópicas. Levantaste a cabeça com o que te restava de ânimo e te surpreendeste no espelho, os lábios entreabertos — sorrias ou ofegavas? Aproximaste a orelha do braço esquerdo, como se ten-

tasses ouvir o ruído de insetos a correr dentro de teu corpo. Virgínia — te recordas de Virgínia, a amiga que abandonaste? —, Virgínia imaginava pequenos mundos no interior de suas próprias veias, castelos fabulosos, cavaleiros andantes, pontes levadiças, florestas encantadas e desertos infinitos. Nas tardes de verão, sob o abacateiro, ela te descrevia um universo paralelo, em miniatura. Era tua melhor amiga, a primeira a saber de tua menarca e de tuas paixões. Uma noite, logo depois do baile, entrou casarão adentro, transtornada. "Encontrei a solução", disse. Mal ergueste os olhos, não querias que ela se deleitasse com o teu sofrimento. Teimaste em supor que Virgínia se alegrasse com a tua desgraça, até que ela desistiu da tua amizade. Arrastou-te escada acima, fechou a porta do quarto, abriu uma sacola e retirou dela coisas estranhas, um disco de metal furado, velas, potes. "Que maluquice é essa?", perguntaste. "Instrumentos para o ritual", ela respondeu e espalhou-os pelo assoalho. "Que ritual?", quiseste saber. "De bruxaria", tua amiga respondeu. "Pra fazer teu noivo regressar de onde esteja", continuou. "E funciona?", indagaste já com interesse. "Não, se estiver morto", Virgínia disse e riu. "Não está, tenho certeza de que não está". O ar do quarto se adensou, como leite talhado. Não por artes mágicas, mas porque Pau-d'Arco tem noites opressivas, quando o vento não sopra e sobre a cidade se forma uma compacta massa de nuvens escuras. São noites em que não se pode ver as constelações da Hidra, do Grou, de Peixes Invertido. "Tens algum objeto de uso pessoal do José?", Virgínia perguntou. Tinhas, um lenço, uma gravata, um bloco de papel com anotações. "O lenço", ela te disse. À meia-noite, quando soou a primeira badalada do relógio de pêndulo na sala do andar inferior, tu leste em voz alta o que Virgínia escrevera: Pássaro mágico, me devolva meu amante, traga-o a minha casa, *e esparramaste farinha queimada no chão.* Que sua carne se incendeie como estas folhas, *e ouviste o ramo de loureiro crepitar nas chamas — arriscavam incendiar a casa.* Que as carnes de José se incendeiem, *repetiu Virgínia. Tia, libaste três vezes e jogaste o lenço ao fogo na panela de coar roupas, o lenço que tinha ainda o cheiro de teu noivo. Invocaste a lua, tia, invocaste Hécate, a terrível, e te indagaste:* Por que, Eros cruel, te agarraste na minha carne como uma sanguessuga? Por que chupas meu sangue negro? *"José Cármio", murmuraste entre os dentes, "trituro os teus ossos". Sorriste, tia, hoje de manhã, com as lembranças, ou era só um esgar a fugidia imagem no espelho?*

Naquela manhã, na sala quase às escuras, Circe Brechen, minha tia, e sua mãe, dona Inês, minha avó, estavam sentadas a trabalhar, em silêncio. A primeira bordava peras e maçãs num pano de prato; a outra tricotava um casaquinho de lã. Há meses empenhavam-se em produzir o maior número possível de jogos de toalhas, lenços bordados e roupas infantis: o aniversário da cidade se aproximava. Durante os festejos, na primeira semana de maio, festejos que envolveriam bailes de *Kerb* e de *Damas*, quermesse, concursos de jardinagem e desfile de carros alegóricos, as peças seriam sorteadas nas barracas de tiro ao alvo, nas pescarias de números, nos jogos de argolas. A família capaz de apresentar o maior número de doações teria o nome inscrito no *Livro de Ouro*, já tão velho e ensebado, que permanecia na igreja, junto ao gazofilácio. Nele descobri que, em 1957, a dupla Brechen tinha sido derrotada por Úrsula e Gudrun Brangwen por apenas três peças. Eis o motivo por que, mal terminada a semana de festejos daquele ano, minha tia e minha avó passaram a sentar-se, diariamente, do amanhecer à hora do almoço, ao pé da escada de mármore, ao lado do piano, esquecidas de outros afazeres, a tricotar e a bordar, para irritação de meu avô, Gustavo Brechen. Minha tia abandonara os romances americanos, franceses, ingleses e russos que lia sentada à janela do quarto, equilibrando-se sobre a viga do parapeito, ou recostada no banco de ferro do jardim, ou deitada na rede que estendia no pórtico de entrada, entre os leões de pedra, guardiões simbólicos de uma fortuna quase secular, e dona Inês deixara de ir à loja, para alegria do marido, que assim podia jogar xadrez com Thiago Lamprecht em paz, sem as interrupções da esposa, que por qualquer motivo subia ao cartório. A dupla Brechen desejava vencer as irmãs Brangwen não por uma pequena margem, a bagatela de duas ou três peças, mas por um recorde inigualável, que fosse para sempre lembrado pela cidade.

— Isso até parece uma questão de honra — comentava Gustavo Brechen.

— E é — respondia dona Inês.

O velho fitava a filha, que não levantava a cabeça, entretida com pontos e pespontos; voltava-se depois para a mulher, que também não lhe dava maior atenção. No fundo, sentia um certo alívio, preferia ver Circe obcecada pelo desejo de derrotar as amigas do que mergulhada no charco de imoralidade que eram os romances que lia. Imputava à leitura todos os seus defeitos: a incapacidade de se relacionar com os homens, as ideias liberais, a irritabilidade, a ironia sempre pendente dos lábios. Naqueles instantes, tendo-a ali, tão serena, quase doce, via confirmadas suas teses sobre o poder regenerador do trabalho. Porque não considerava trabalho as duas tardes que a filha *perdia* no Colégio Nossa Senhora das Dores, ensinando história da arte às normalistas. Fosse matemática, química ou física...

— Desse jeito, vou falir — resmungava.

— Deixa de ser pão-duro — retrucava dona Inês.

Gustavo Brechen considerava o tom de voz da esposa um tanto áspero, no limiar do desrespeito. Nos últimos tempos, constatava, o comportamento da mulher vinha sofrendo grandes alterações. Andava irritadiça, inquietava-se durante a noite, ela que sempre tivera um sono tranquilo, levantava-se para beber água com açúcar. Devia ser da idade, concluía antes de deixar o casarão.

Na sala penumbrosa — meu avô fazia escândalo quando encontrava lâmpadas elétricas acesas durante o dia —, tia Circe e minha avó passavam as horas mergulhadas na monotonia das agulhas.

— Filha — disse dona Inês, sem parar de tricotar —, não pensas mesmo em casamento?

Por um instante, minha tia interrompeu o trabalho, mas depois furou o pano com mais força, como se quisesse fazer a vibração da linha tensionada falar.

— Circe... — ia prosseguir a outra.

— Não, mãe, não pretendo morrer solteira, mas não vou me casar com qualquer um, não com um desses idiotas que correm atrás de mim.

— O Gerald era um bom partido...

— Boneco de papel, que a Gudrun faça bom proveito!

— Tuas amigas já estão casadas, só tu continuas sozinha...

— A Virgínia também? Não fui convidada para o baile de noivado...

— Não brinca, tu sabes do que estou falando, ela é mais jovem do que tu, tem mais tempo para arranjar alguém.

— Sim, mãe, todas as minhas amigas estão casadas, gordas e infelizes.

— E tu, estás feliz? Tens quase trinta anos...

— Mãe, este assunto outra vez?

— Sim, *mein Kind*, falo para o teu bem.

— Estou atrapalhando? Dou muita despesa?

— Ai, que horror, não diga uma coisa dessas.

— Se for, eu posso pagar! — minha tia quase gritou, depois de jogar o bastidor sobre o sofá de couro e dirigir-se à escada. Subiu seis, sete degraus. De repente, parou, voltou-se enfurecida para minha avó, que já começava a chorar, e gritou:

— Estou, mãe, estou muito feliz.

Subiu correndo o restante dos degraus, atravessou o corredor que levava aos dormitórios, e bateu a porta do quarto com violência.

Do alto, tia Circe — regavas as violetas das jardineiras suspensas —, observaste que um negro dobrava a esquina, buscava sombra rente à parede, Pau-d'Arco, em janeiro, faz um calor medonho, o sol, às dez horas da manhã, tremeluz nas pedras do calçamento. Tinha passos miúdos, contidos; ao caminhar, balançava uma pasta de couro; de vez em quando, girava a cabeça de um lado para o outro, como quem está perdido. Não usava chapéu, apesar do calor. Parou sob a tua janela, tirou os óculos de lentes grossas, buscou um lenço no bolso, enxugou o suor da testa, do rosto, do pescoço, e perguntou:

— Senhorita, onde posso encontrar Gustavo Brechen?

— Na loja — respondeste.

— Passei por lá e ele não estava — o negro continuou.

— Deve estar no cartório — explicaste.

Só então o homem recolocou os óculos e pôde fitar teu rosto com mais vagar. A distância que te separava dele não era grande porque a casa, naquele lado, quase encostava na calçada. Na época em que o velho Gustavo a construíra, não havia a travessa, o que deixava boa margem de espaço vazio na lateral oeste. Depois, com o advento dos colonos que vinham morar na cidade, os terrenos baldios foram sendo recortados por ruas e avenidas. "Se eu me descuidasse", meu avô contava, "as máquinas da prefeitura teriam derrubado um pedaço do prédio."

José Cármio levou a mão direita aos óculos, perturbado, tentava ajustar melhor o foco. Tia, teus cabelos encaracolados caíam, displicentes, sobre os ombros, tinhas os olhos acesos e sardônicos, teus dentes brilhavam. Não seria exagero afirmar que José Cármio sentiu, diante do teu esplendor, uma dor aguda no estômago, uma fraqueza nas pernas e uma repentina secura na boca. De que outra forma se explicaria a frase que tartamudeou com dificuldade: "Por favor", ele mais implorou que pediu, "me dê um copo d'água"? A situação não era cômica e, no entanto, riste. E no instante em que teu riso caiu na calçada — lembras-te dos seixos que fazíamos ricochetear na superfície dos lagos? — e atingiu os ouvidos do negro, nada mais pôde ser como antes, para nenhum de nós. Riste, não do momento, mas do passado, compreendeste que, enfim, depois de uma longa espera, tinhas encontrado o homem de tua vida. Todos os rapazes da cidade, Gerald

inclusive, altos, convencidos e prepotentes, com seus longos discursos e elogios melosos, não moveram em ti um milésimo da emoção que sentiste diante do negro.

— Já vai — respondeste, num fio de voz.

O homem não se moveu, paralisado ainda pelo teu encanto, e tu te quedaste à janela, imóvel também.

José Cármio sentiu que sua testa porejava, era um negro asseado, retirou outra vez o lenço do bolso do paletó e enxugou-se, a mão trêmula. De imediato, tia, pensaste que um lenço bordado a mão, um lenço delicado, de linho ou de cambraia, que contivesse as iniciais dele entrelaçadas nas tuas, seria um bom presente de aniversário. “Eu quero este homem”, quase murmuraste ainda antes de saber-lhe o nome, e ele como que ouviu, levantou um pouco mais a cabeça em tua direção. Sentiste um calor no corpo, um formigamento, teu rosto branco ficou rosado. Antes que ele percebesse o teu embaraço, saíste da janela. Paraste à porta do quarto, indecisa. Podias recuar, recusar o bordado das parcas, mas preferiste descer os degraus da escada de mármore, e os desceste, um a um, lentamente, com uma estranha sensação no estômago, que é onde o amor começa.

O negro também ficou indeciso, lá fora, sob o sol matinal, mas escaldante. Fitou o céu azul: as nuvens se esgarçavam, tangidas pelo vento, se esfiapavam, se dissolviam no ar. Teria mesmo te ouvido dizer *já vai* ou fora ilusão? Olhou ao redor, como em busca de um rosto conhecido, um indício, um apelo para lançar-se noutra direção. Fixou os olhos na janela vazia, à espera de que reaparecesses. Depois, percebeu que aquele era um quarto lateral e que a frente da casa ficava na outra esquina. Se era, realmente, tua intenção atendê-lo, haverias de descer e recebê-lo no outro lado. Assim, moveu-se, não sem esforço; sentia as pernas pesadas, roçou a mão no muro de baixa estatura, que separava o quintal da rua, contornou-o e deteve-se diante do portão principal, sem se atrever a avançar.

José Cármio não era um homem culto, mas sabia reconhecer o talento alheio, ao contrário desses sabichões que diante de uma obra de arte torcem o nariz com desdém, magoados com a própria mediocridade. Atento, observou o rendilhado no ferro do portão, que era forjado, deleitou-se com as flores nascidas da queda-de-braço de Lauro Becker com a forja. Era o nosso artista, o ferreiro. Nenhuma família de posses de Pau-d'Arco, família que se prezasse, que possuísse um verniz de civilidade, poderia deixar de ter na sua propriedade cercas, grades e portões da lavra do ferreiro Becker. No corpo a corpo com o ferro, Lauro não tinha páreo. Domava-o, dobrava-o, levava-o aonde queria. "O ferro fundido é sem luta", ele me explicava, nas tardes em que eu ficava na ferraria, extasiado diante das barras metálicas que se convertiam em frutas, flores e animais. Ao contrário da loja de meu avô, onde eu tinha de entrar pisando em ovos, no galpão de Lauro Becker eu podia brincar, perguntar, mexer em tudo. "Me ajuda aqui no fole", ele pedia. Eu bombeava, o vento avivava as brasas, o ferro se incandescia, o ferreiro pegava o malho, levava tudo à bigorna, e batia. Perdia uma tarde inteira na curvatura de uma folha, no volume de um caule, fazia e refazia. "A forma nunca está pronta", ele dizia, "o *ponto* é sempre além." Enfim, jogava a nova fruta, ainda rubra, numa tina de água. Eu adorava o chiado, o vapor e o ar de contentamento que então se forjava na face do ferreiro. "Um dia, vou fazer portões, tio Lauro", eu gritava. O velho Becker, suado, vermelho, fazia de conta que não me ouvia. José Cármio acariciou as flores de metal com a polpa dos dedos, que é como se deve *ver* o ferro forjado, e reconheceu que ali havia arte. Na primeira carta que te escreveria, semanas depois, talvez até com o objetivo de te impressionar, te contaria da emoção sentida diante da obra de nosso ferreiro.

Tia, o negro, sedento, te esperava. Devias ter escolhido um copo de vidro, desses de massa de tomate, se é que já então existiam, para servir a

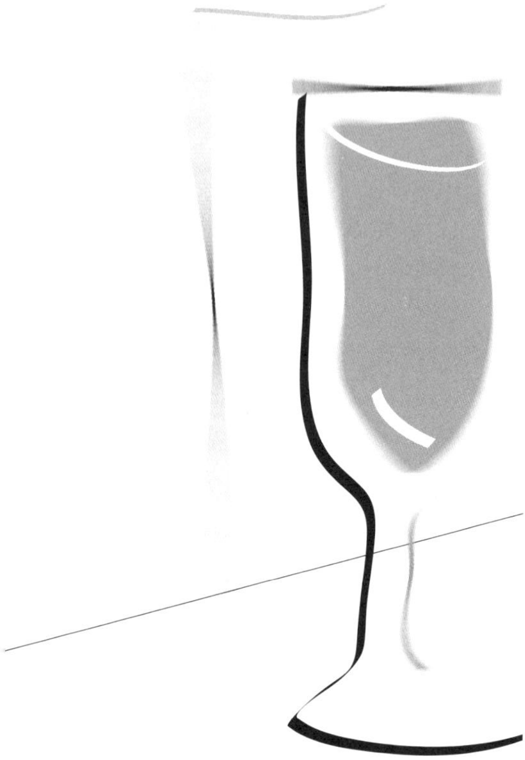

água, mas pegaste na cristaleira um legítimo cálice de cristal lavrado, um cálice europeu, antigo, símbolo de nossa arrogância, e o encheste até a borda. “Se teu pai te visse, mulher”, deves ter pensado, não é possível que não o tivesses pensado, eras também uma alemã enfatuada como todas as outras. Os cristais da Boêmia, herança de teu avô paterno, eram sagrados, ninguém podia tocar neles, exceto nos dias santos, feriados e aniversários da família. Tua mão tremeu, tenho certeza, mais de paixão do que de temor. Sim, já havia paixão em ti, repentina, brutal e indestrutível, e que resistiria por um tempo absurdo, descomunal. Atravessaste a sala com teu andar de gazela, com a elegância que aprendi a amar, com a cadência dos passos de uma rara dança. Abriste a porta da rua, ouviste que tua mãe te chamava, ela continuava a tricotar na sala, queria continuar o diálogo que havias interrompido bruscamente, mas a ignoraste. Desceste os quatro degraus do vestíbulo sob os olhares atentos dos leões de pedra, a equilibrar a água no cálice. Caminhaste pela alameda sem perceber o forte olor dos cravos, tu que sempre me fazias parar para senti-los, fitaste o portão de ferro, e, por trás das grades, o negro.

“Eu te dou a água da vida”, sentiste ímpeto de dizer ao estender o cálice a José Cármio, como fazia o pastor Hebert, na Santa Ceia.

Pudeste, agora mais próxima, fitar seus olhos negros, de azeviche. Olhos que tinham visgo e queimavam, me dirias muitos anos depois. Ele teve a coragem de te encarar, olho no olho, sustentou o olhar como nenhum outro homem em Pau-d'Arco, antes, o fizera. Não foi um olhar de desafio ou prepotência. No fundo do olho, atrás da córnea, atrás da câmara anterior, atrás do cristalino, vislumbraste o medo enrodilhado, mas foste incapaz de ver a súbita dilatação de suas pupilas, dilatação que trai o olhar de paixão. Escuros, profundos, quase aveludados eram os olhos de José Cármio, duas cerejas maduras a desafiar teus dentes ávidos.

— Que água doce — murmurou o negro, sorrindo.

Em silêncio, viraste-lhe as costas. Regressaste para o interior da casa, tesa, reta, quase em pânico.

Tia, o quarto, localizado no ângulo morto da casa, onde não batia sol, ângulo protegido pelo abacateiro, não era tão silencioso quanto desejarias, mas mantinha-se fresco durante todo o dia. "Não", pensaste, "cochilar agora não, preciso fazer o almoço". Escancaraste a janela, te debruçaste no parapeito e ficaste a contemplar a rua, o movimento. Hoje, José Cármio não reconheceria Pau-d'Arco. De 58 para cá, a cidade cresceu, tem agora automóveis velozes e barulhentos, as casas de madeira da avenida foram quase todas destruídas, erguem-se em seus lugares construções de alvanel, ferro e vidro, as lojas, os bancos, as farmácias, os postos de gasolina e as padarias se multiplicaram, as pessoas cruzam-se apressadas umas pelas outras, mal se cumprimentam. Hoje, mulheres negras casam-se com homens brancos e mulheres brancas têm filhos de homens negros, padres e pastores fazem encontros ecumênicos, desquitados e divorciados já podem frequentar os bailes do Clube Comercial. Aliás, qualquer um pode ser sócio, o Conselho de Admissão nem existe mais. Os campeonatos de bolão são disputados agora por office-boys, *bancários e desempregados, as mesas de bilhar estão esburacadas, as ponteiras dos tacos rombudas e ninguém consegue se concentrar com a zoeira das máquinas de* video-game. *A orquestra* Serenata *desintegrou-se, os músicos das novas bandas jamais viram sequer um pentagrama. Não, tia, José Cármio não precisaria mais encomendar o traje na alfaiataria do João Felício, entraria numa dessas lojinhas de turco e por dois réis de mel coado, como diria o velho Gustavo, compraria a roupa para o baile. Chapéu de feltro? Só se mandasse vir da França, a última fábrica de chapéus do Brasil fechou há muito tempo.*

Deste um golpe seco nas folhas da veneziana, o quarto retornou à penumbra. Fizeste um rabo-de-cavalo, alisaste a colcha que se amarrotara no ponto em que sentaste, alteraste a posição dos perfumes, pós e escovas sobre a penteadeira e desceste os dezoito degraus de mármore.

E se quebrasses a rotina infernal que te impuseste? Se um dia, um só, deixasses de colocar a mesa para convivas-fantasmas? Na cozinha, abriste a geladeira e ficaste parada diante da porta por longo tempo, não que estivesses em dúvida sobre o que fazer, o cardápio exigia frango, mas para que a onda de frio te aliviasse um pouco do calor. Depois, te detiveste defronte à estante dos condimentos. Na travessa superior havia curry, páprica doce, páprica-pimenta, cravo-da-Índia, erva-doce, hortelã, gengibre, manjerona, sálvia, alho em pó, tempero para pescados, alecrim, cardamomo, canela em casca, canela em pó, anis estrelado, Kümmel, *açúcar de baunilha, zimbro, essência de baunilha, essência de amêndoa, favas de baunilha e um moedor de noz-moscada; e, na inferior, orégano, manjericão, louro, semente de mostarda, garam-massala, orégano chileno, noz-moscada, coentro, espinafre em pó, pimenta-preta, cominho,* Zitronen-Pfeffer, bouquet-garni, *adobo, estragão, pimenta-branca,* drill *e um moedor de pimenta. Tia, cortaste a galinha em pedaços, temperaste-a com alho desidratado, sal, vinagre, azeite e salsinha picada. Descascaste algumas batatas pequenas e três cebolas. Colocaste as postas de carne numa travessa de vidro, juntaste as batatas e as cebolas e levaste tudo ao forno. Enquanto a galinha assava, passaste um pano úmido nos móveis, regaste as samambaias, avencas, margaridas e violetas distribuídas em xaxins e vasos pela casa, remexeste a terra das jardineiras de azaleias, aspiraste o pó da sala, recolheste as roupas no varal. Retornaste à cozinha, cortaste dois tomates em rodelas finas, ralaste um pouco de cenoura. Depois, partiste três limões galegos, espremeste-os, dissolveste-os em água, acrescentaste cubos de gelo e adoçaste. Puseste a mesa, quatro talheres, os pratos de dona Inês, Gustavo e José Cármio emborcados, o teu virado para cima. Abriste a porta do forno, retiraste a galinha assada e te sentaste para comer.*

Sem saber que direção tomar, José Cármio ainda não descobrira que o cartório ficava no segundo andar da própria loja de ferragens, optou pela direita. Caminhou algumas quadras pela Sete de Setembro, orgulho urbanístico de Pau-d'Arco, a mais longa e mais florida de nossas avenidas, onde hoje se concentram os palacetes dos médicos, dos advogados, dos colonos ricos, as melhores casas comerciais, os bancos, os dois supermercados, mas que, há trinta e sete anos, era uma rua descalça, poeirenta, o caminho mais curto para se fugir da cidade. No armazém Scossi, onde, às vezes, tu me mandavas comprar açúcar de baunilha e chocolate em pó, ele descobriu que se afastava cada vez mais de Gustavo Brechen. Ainda sedento, bebeu uma soda limonada. Levou a mão aos lábios grossos, como que para limpar-se, e arrotou, sem que Patrícia, a dona do armazém, percebesse. Depois de pagar o refrigerante, que nós chamávamos de *gasosa*, agradeceu a informação e retornou à rua e ao sol escaldante.

Àquela hora, um pouco depois das onze, meu avô já tinha perdido duas partidas de xadrez para o escrivão. Em tais ocasiões, enfurecia-se, tremia, enfiava na cabeça os dedos entreabertos e ficava a puxar os cabelos brancos. Assim que viu José Cármio entrar, balançando a pasta de couro, abriu-se num sorriso que tomou conta do rosto inteiro, da testa ao queixo, de orelha a orelha. Tia, teu pai *cheirava* um vendedor a quilômetros de distância. "Eles estão sempre alegres e mais enfeitados que pinheirinhos de Natal", costumava dizer. O negro que atravessou a porta de entrada, Gustavo Brechen percebeu, dava-lhe a chance de interromper o massacre. O xadrez, tia Circe, como o amor e a bruxaria, tem hora. Jogo, às vezes, no Bar Central, com a turma do Beto, e sei do que estou falando. Meu avô deve ter pensado que na manhã seguinte conseguiria reequilibrar a pontuação.

José Cármio limpou o pó dos sapatos no capacho, circulou os olhos pelo grande salão sem conseguir distinguir nada, fechou-os para acostumar a pupila, eles jogavam praticamente no escuro. Dos dois, não sei qual era o mais unha-de-fome. O velho Gustavo alugava o andar superior do prédio ao dono do cartório porque se recusava a aumentar a loja de ferragens. "Ninguém vai subir escadas para fazer compras", argumentava. Tia, durante anos ele te criticou por não teres interesse nos negócios da família. "O que é que tu ganhas com esses romances? E essas tuas aulas não pagam o solado dos sapatos", resmungava. No entanto, quando lhe propuseste a instalação de um setor de confecções no segundo andar da loja, que tu dirigirias, rejeitou a ideia com ironia: "Vais vender camisas aos colonos que já me devem as calças?" A cidade há de crescer, vaticinaste, mas o velho não se convenceu, continuou alugando o salão para Thiago Lamprecht por um *salário do Getúlio*.

O negro piscou duas ou três vezes, meu avô fitou-o por sobre os óculos, atento aos detalhes. José Cármio inclinou a fronte, cumprimentou e caminhou para os jogadores. Gustavo Brechen esperou que ele interrompesse a partida, mas José Cármio era educado, não atrapalharia um jogo por nada no mundo, apenas acercou-se da mesa. O velho teimoso perdeu mais uma e, antes que o escrivão recolocasse as peças no tabuleiro, perguntou ao visitante:

— Sabe jogar?

— Mais ou menos — mentiu o vendedor.

— Hoje *esse aí* está impossível, talvez o senhor consiga derrotá-lo — continuou Gustavo, seco, quase indelicado.

José Cármio encolheu os ombros, fez uma careta, coçou a cabeça, picado pelo desejo, jogava bem, saberíamos depois, mas se conteve.

— Não jogo em serviço — disse.

Eu queria ter estado lá para ver o misto de surpresa e contentamento no rosto de meu avô.

Era um calvinista, não podia deixar de ser, para ele o trabalho dignificava o homem e *devia* estar acima de todas as coisas, inclusive de jogos e demais divertimentos. Encontrar alguém que recusava a tentação era, no mínimo, motivo de espanto, júbilo e admiração. Durante décadas ele próprio resistira, gostava de jogos, nunca negou que gostasse, mas não se permitia *perder tempo*. Dias depois de completar sessenta anos, anunciou à dona Inês: "Já dei minha contribuição, agora tenho o direito de jogar um pouco, não tenho?" E antes que ela se manifestasse deixou o balcão da loja, contornou o prédio, que a escada de acesso para o cartório era externa, e subiu ao encontro do escrivão, que já havia perdido as esperanças de tê-lo como parceiro. Thiago Lamprecht tentou, sem sucesso, transformar os grãos de milho em moedas. "Não, jogar por dinheiro é pecado", resmungou o velho. Muito em breve ouviria o outro dizer que ficar furioso ao perder também era.

— Senta aí no meu lugar — falou, espichando o queixo na direção do tabuleiro.

— Não jogo em serviço — repetiu o negro.

— Eu também não — retrucou Gustavo e sentiu o rosto enrubescer.

— Estamos no intervalo do café — brincou o escrivão e começou a rir.

Muito tempo depois eu soube, pelo meu próprio avô, que naquele instante, quando Thiago Lamprecht disparou a sua risada escandalosa, risada que podia ser ouvida no outro lado da rua, na Praça da Matriz, meu avô pensou: “Se esse negro mostrar os dentes, não lhe compro sequer um alfinete”. Mas José Cármio manteve-se impassível, abaixou a cabeça, fitou o bico dos sapatos, trocou a pasta de mão, retirou o lenço do bolso, secou o suor da testa, limpou as lentes dos óculos.

— O que temos aí? — perguntou o velho, comovido com a solidariedade do negro.

— De tudo um pouco...

— Vamos sentar — convidou meu avô.

Gustavo Brechen observou que o vendedor não arrastou a cadeira, suspendeu-a no ar, recolocou-a com suavidade no chão, sentou-se, a pasta de couro sobre os joelhos.

— *Entschuldigung* — disse o escrivão, recolheu as peças e o tabuleiro, levantou-se, caminhou até a cancela do balcão, atravessou-a e sentou-se à escrivaninha, à espera dos poucos clientes da manhã. Segunda-feira era um dia morto.

"Entravas na cozinha, Carlos, as mãos enfiadas nos bolsos, mastigavas os beiços, andavas de um lado para o outro, eu te esperava em silêncio, tu franzias o cenho e, enfim, anunciavas chuva. 'Tia, hoje o José Cármio não vem'. Eu não te respondia, às voltas com o café da tarde. Sempre, sábado após sábado, fazias de tudo para convencer-me a cortar o bolo antes da chegada de meu namorado. Diante da minha resistência, arrastavas uma cadeira até a estante dos temperos, subias, apanhavas frasco por frasco, soletravas os nomes, *car-da-mo-mo*. As sílabas despencavam da tua boca, olorosas, orientais. Tinhas cinco anos, e já lias. Meu pai não resistira à tentação de fazer de ti um prodígio, para vangloriar-se diante de eventuais visitas. 'Se ele não vier até as quatro e meia', eu te dizia, 'tu podes cortar'. Largavas o pote de *zitronen-pfeffer*, saltavas da cadeira e corrias na minha direção, abraçavas-me as coxas, eu te suspendia no ar e te mordia as bochechas, fazia-te cócegas na barriga, nos joelhos, sob as axilas, até que me implorasses a parar. 'Ele não vem, ele não vem', tu gritavas, entre gargalhadas, que eu reprimia, pondo-te a mão na boca, era a hora da sesta do velho Gustavo. Estávamos, geralmente, nesse ponto da brincadeira quando José Cármio tocava a campainha, um toque rápido, nervoso. 'Chegou', tu dizias, desanimado. 'Vai lá atender', eu te pedia, 'que agora estou ocupada'. Fazias uma careta, esfregavas o nariz e te mexias com toda a lentidão do mundo, como que a me provocar. Paravas na porta da cozinha, à espera de que eu te mandasse outra vez. 'Anda logo, senão ele vai embora', eu fingia implorar."

Virgínia esperou que soasse, no interior da casa, a última badalada do relógio de pêndulo, esperou que a vibração, lenta, morresse no calor do meio-dia, se propagasse como um grito numa floresta, para só então tornar a bater a aldrava da pesada porta. Inquieta, balançou o corpo sobre as pernas, aproximou-se de um dos leões de pedra, deu-lhe um tapa, como se o provocasse, tornou a bater o anel de metal, mordiscou os lábios, eu imagino que os tenha mordiscado, atravessou o *hall* no sentido oposto, ficou a ir e vir, impaciente, e, por fim, apoiando-se no segundo leão, esperou que alguém, tu, tia Circe, dona Inês ou Zenilda, a atendesse.

Virgínia Lazzari, te recordas dela?

As mulheres, tia, que ainda não foram separadas de seu próprio mundo, que ainda não foram transformadas em bibelôs de porcelana e aniquiladas pelo ciúme de seus amantes, maridos e namorados, são companheiras solidárias. Andam aos pares, nas ruas, nos cinemas, nas escolas, nas festas e nos bailes. Talvez o que as una seja a premonição sutil de que no mundo dos homens, para onde serão transportadas, não encontrarão mais a ternura de um olhar e a solidariedade de um sorriso sem mais intenções que a própria ternura de um olhar e a solidariedade de um sorriso. Assim, antes de serem transformadas em coisas — jarro solitário sobre a mesa, bonequinha de pelúcia sobre a cama —, criam ao redor de si, na companhia umas das outras, uma proteção invisível que as exclui do restante do universo e que as protege. Virgínia, tia, era teu duplo e, no entanto, uma palavra, como a cunha que é introduzida no vão da fenda da árvore ainda em pé para que caia na direção desejada pelo lenhador, cindiu a antiga amizade. Ela esteve no baile, é verdade, mas foi uma testemunha muda, tão perplexa quanto tu, e não participou da violência. Se a paixão é repentina, a amizade é paciente e precisa suportar o outro. Para Montaigne, que me ensinaste a admirar, a amizade era um calor uniforme e universal, temperado e na medida, um calor constante e tranquilo, todo doçura e polimento, sem asperezas. Aristóteles, apesar de considerá-la a coisa mais necessária da vida, desconfiava da amizade entre os mais jovens, julgava-a uma afeição própria da maturidade. Flaubert, o nosso velho e bom Flaubert, tão solitário quanto tu, prestou à amizade a maior homenagem que se possa imaginar, nas páginas finais de *Educação Senti-*

mental. A cada dia mais me convenço de que a grande obra do mestre francês, a obra que lhe coroa a vida, mais que ficção é autobiografia, se é que falar de si mesmo não é falar também de um outro, de um inquietante *Doppelgänger*. Sempre que releio aquelas páginas, e é o que mais tenho feito nas tardes modorrentas do escritório vazio, páginas atravessadas de uma mansa melancolia e de uma indisfarçável saudade do narrador, sou levado a pensar em ti e em Virgínia. Tu também tiveste o teu Deslauries, tia Circe. Desejaria ter entrado um dia na tua casa, e encontrado, embranquecidas e reumáticas, as velhas amigas, a beber um chá de camomila ou limão, e a jogar xadrez na penumbra. Ou então, antes mesmo de abrir o portão de ferro, ainda na calçada, ter podido vê-las sentadas uma ao lado da outra, sob o pórtico, iluminadas pelos longos e rosados rabos-de-galo dos entardeceres de Pau-d'Arco. Tia, eu evitaria fazer ranger os gonzos enferrujados, caminharia pela alameda com passos leves, sem perturbar a poeira depositada sobre as rosas do jardim, para não interromper a exumação da juventude que ambas estivessem a fazer. Sem ser percebido, eu me aproximaria, sentaria num dos degraus e ficaria a ouvi-las. A cada frase, tia, repetirias:

— Gina, tu ainda te lembras?

— Sim, é *claro* que eu me lembro — ela responderia com justificada irritação. — Pensas que eu já estou esclerosada? — indagaria sem fechar os grandes olhos de azul diáfano, oblíquos, quase dissimulados.

Recordariam o recreio do colégio, a capela, o locutório, o salão nobre, as fotografias dos professores e dos alunos dependuradas no primeiro vão de escada, as velhas polainas do professor de geografia, as ruivas suíças do mestre das ciências exatas, o cabelo oleoso do diretor, a sua vaidade perfumada e os seus passinhos de bailarina, a rudeza e a magrém da velha professora de história, os piqueniques, as festas juninas, os jogos de primavera, os primeiros namorados, a alegria das férias. Recordariam, tia, os nove meses de amor com José Cármio, o ódio da cidade, o ritual de magia negra.

A aldrava da porta tornou a bater. Tua amiga, lá fora, se impacientava.

— Zenilda, atende, é a Gina — gritaste do alto da escada, recém-saída do banho.

Tia, desde menina sentias verdadeira volúpia em sugar o tutano dos ossos de galinha, hábito que gerava intermináveis discussões à mesa. "Vais quebrar um dente", dizia-te dona Inês. "Onde já se viu mulher fazer uma coisa dessas", acrescentava o velho Gustavo. É que gostavas de ouvir o estalido seco do osso a quebrar-se em tua própria boca. Podias usar o cabo da faca, mas preferias roer com paciência as extremidades, solapar-lhes a rígida estrutura, perfurar a camada calcificada com repetidas investidas dos incisivos e acabar por destruir-lhe a resistência à força dos molares. Esperavas o instante do estalido com angústia, a boca cheia de saliva. Quando a gordura escondida se revelava à língua, respiravas fundo, fechavas os olhos, quase em êxtase.

— Vais quebrar um dente, vais quebrar um dente...

Hoje, tia, tu te sentaste para comer, encheste o prato até a borda, sem nenhuma atenção às boas maneiras, e, depois de deixar o osso limpo, sem vestígio de carne, prendeste uma de suas extremidades entre os caninos e forçaste o maxilar. A ponta porosa cedeu e ouviste o som do osso de galinha partir-se. Mas a explosão de dor também foi imediata.

Estúpida, descuidada.

Um dente a menos não fará nenhuma diferença. Não para uma solteirona, não para uma velha.

Estúpida, descuidada, velha, idiota, banguela.

Imaginaste a boca murcha, chupada, um figo seco. Cuspiste os fragmentos de osso e o teu próprio dente no prato, enxugaste os lábios com a ponta da toalha de mesa.

Mein Gott!, *exclamaste, como não fui capaz de perceber? Tu, tia Circe, sempre tão atenta às infinitas correspondências que se estabelecem entre as coisas? Um botão de blusa que se desprende, uma xícara que se despedaça, uma dor de ouvido repentina, o som cavo de uma enxada num canteiro de rosas, o voo ordenado de cinco, dezoito ou trezentas garças, relacionam-se, inexoravelmente, com envenenamentos de reis, guerras iminentes, tempestades, falências, traições, suicídios, mortes súbitas, mas podem ligar-se também — e por que não? — a desastres menores, tragédias do cotidiano. A taça de cristal quebrada ontem, durante a faxina, não prenunciava tudo isso? O estilhaçar-se do vidro em tantos pedaços não remetia a essa explosão de dor? Na cristaleira, o espaço deixado pela taça perdida não era um símbolo já da futura ausência do dente na arcada? Ontem, lembraste, antes de esfregar as pernas e os braços doloridos com o óleo canforado de sempre, sentiste como que um movimento de ar no quarto, um vago adejar de asas, uma vibração febril. O arrepio que te percorreu a espinha estava a indicar, sem dúvida, os funestos fatos do almoço. O suave ruflar de asas era um acontecimento futuro que, à força de misteriosas conjunções, enclavava-se no que fora o teu presente ontem à noite. Tivesses tu ligado o arrepio que te correu o corpo ao osso de galinha, a taça de cristal à arcada dentária, assarias uma costeleta de porco ao invés de frango e alterarias a ordem dos fatos, estabelecerias um padrão diverso de futuro, e estarias ainda com o molar na boca, mas sempre foste escrava da rotina, cumpriste, incauta, o cardápio da sexta-feira. Tardiamente atenta, correste os olhos pela sala em busca de outros indícios. E o dente quebrado,* mein Gott, *que tipo de desgraça desencadearia?*

— Idiota, idiota — praguejaste.

Estúpida, descuidada, velha, idiota, banguela. Bronca, bruta, grossa. Descurada, distraída, relaxada, esquecida. Idosa, senil, provecta. Parva, tola, pateta. Desdentada, boca murcha, gengiva.

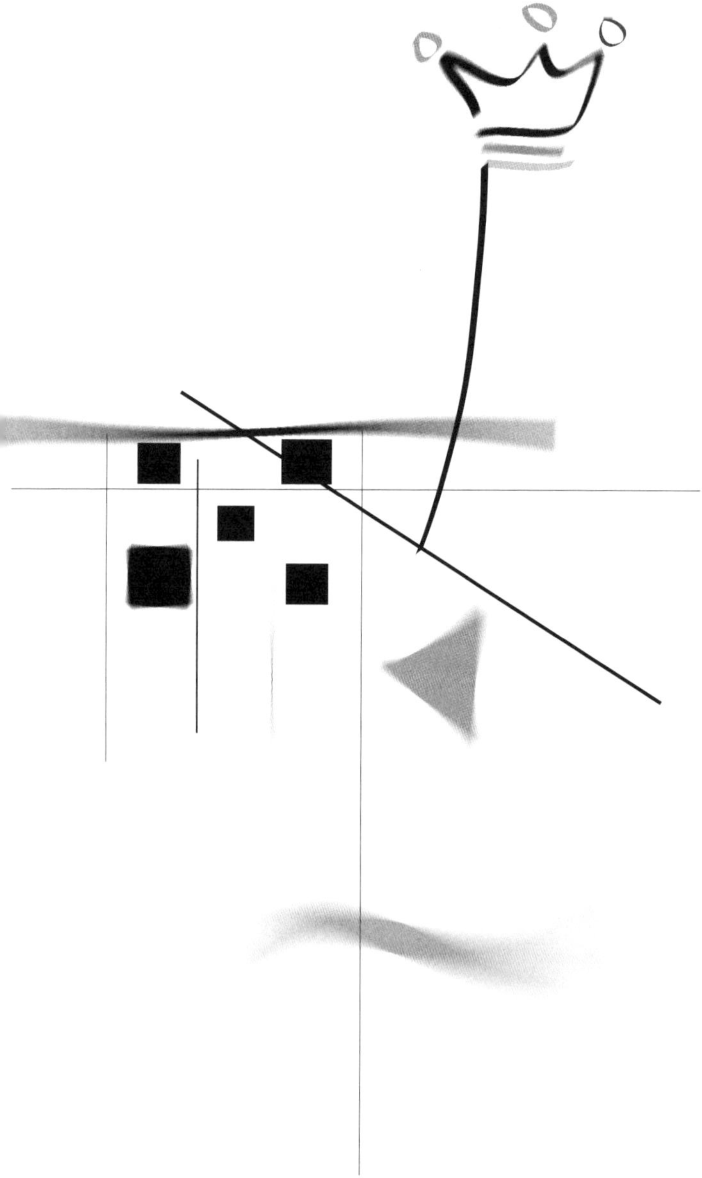

O escrivão recolocou o tabuleiro sobre a mesinha, abriu o estojo de jacarandá forrado com feltro verde, retirou as peças *Stauton*, primeiro as negras, depois as brancas, posicionou as torres, os cavalos, os bispos, as damas e os reis, regulou os ponteiros do relógio duplo, e esperou. Gustavo Brechen ficou ainda alguns segundos à porta, enquanto José Cármio descia. Observou-lhe a elegância, o corte de tecido bem ajustado aos ombros, o caimento das calças sobre os sapatos lustrosos. Levantou a mão direita num breve aceno de despedida. Meu avô era um velho alto, magro, requintado e exigente, usava lenço branco no bolso do paletó, abotoaduras de ouro, gravatas sóbrias e camisas engomadas. Parecia-se com William Faulkner. Tinha o nariz levemente adunco e os olhos verdes continuavam vívidos, apesar da idade. Orgulhava-se de suas origens austríacas. O bigode, bem aparado, imitava o de seu pai, retratado com ar severo numa pintura da sala principal do casarão.

— Negro decente — murmurou.

— Quando não cagam na entrada, cagam na saída — disse Thiago Lamprecht.

Noutra ocasião, Gustavo Brechen teria sorrido, retrucado com algum chiste ainda mais preconceituoso. Naquele dia, apenas sentou-se e cruzou os braços. O escrivão avançou o peão da dama duas casas adiante, deu uma pancada no pino do relógio direito, o ponteiro esquerdo se pôs em funcionamento.

— É tarde — falou meu avô e retirou o relógio suíço, que também herdei, do bolso do colete. Os ponteiros marcavam doze e três. No silêncio que se seguiu, ouvia-se apenas o tique-taque do relógio *Resiek*, que outra utilidade não tem a não ser computar as horas que os jogadores perdem diante dos tabuleiros.

— Fujão — ironizou o outro.

— Só se for relâmpago — disse Gustavo e sorriu.

— Sabes que não jogo pingue-pongue. Thiago começou a recolher as peças de madeira de lei, bojudas na base, parou os relógios, fechou a tampa do estojo com uma batida seca.

— *Till-taps* — murmurou o velho Gustavo, levantando-se.

— *Vach idiot* — devolveu o escrivão.

Como uma abertura de xadrez, que sempre repete os mesmos lances iniciais, a troca de insultos era uma espécie de ritual de encerramento de jogo. Depois disso, os dois amigos podiam dedicar-se a outros assuntos, questões da sociedade recreativa — ambos faziam parte do conselho diretor do clube —, política, economia. Mas se por acaso alguém entrasse no cartório naquele instante, alguém que não conhecesse os dois velhos, julgaria estar diante da iminência de uma altercação violenta. Talvez Montaigne não tivesse razão.

— Conheci um sujeito encantador, hoje — disse Gustavo Brechen à mesa do almoço.

— Onde? — quis saber dona Inês.

— No cartório — respondeu o marido.

— No cartório? — indagou minha tia.

— Um ambulante — continuou meu avô.

— Negro? — perguntou Circe, ansiosa.

— Como é que tu sabes? — impressionou-se o velho.

— Esteve aqui, à tua procura — explicou. — Tinha passado na loja, mas ninguém foi capaz de lhe dizer que tu devias estar no andar de cima, jogando — continuou.

— Mas são uns imprestáveis! — explodiu meu avô. — Fizeram o homem andar à minha procura, inutilmente.

— Nem tanto — disse dona Inês. — Assim, ele conheceu um copo de cristal da Boêmia...

Circe cravou um olhar furioso na minha avó, que abaixou os olhos para o prato.

— Que história é essa? — quis saber Gustavo.

— Besteira — disse minha tia, como que indiferente.

— O que é que os *meus* cristais têm a ver com isso? — insistiu o velho.

— Ah, pai, servi um copo de água ao negro, nada de mais — murmurou Circe, com falsa displicência.

— Não acredito, não é possível! Os meus cristais? Tu serviste água a um estranho nos meus cristais? Quantas vezes eu já disse que eles só devem ser usados em ocasiões *muito* especiais? A voz de Gustavo Brechen tremia, seus olhos pareciam querer saltar das órbitas.

— Eu sei, pai, eu sei. É que eu também achei o negro encantador...

O velho olhou para dona Inês, buscava socorro, mas minha avó entretinha-se com as batatas refogadas no prato.

— Desbocada! — exclamou. — Jogou a cadeira para trás e saiu da sala bufando, com a mão no peito.

— Tu ainda vais matar teu pai do coração — disse dona Inês, depois de levantar os olhos.

— Por que tu tinhas de falar? Não podes ficar um dia sem me intrigar com ele?

Dona Inês também abandonou a mesa, antes que a discussão piorasse, e foi atrás do marido, que subira para o quarto de dormir.

Circe terminou de almoçar e foi à cozinha recomendar à cozinheira que à noite fizesse costelas de porco assadas.

— Hoje à noite é dia de peixe — Zenilda lembrou-lhe o cardápio.

— Eu sei — disse —, mas o pai adora surpresas.

— Ai, dona Circe, vai sobrar pra mim — choramingou a empregada.

— Eu me responsabilizo — disse minha tia.

— Eu sei, eu sei...

— Avisa a mãe que fui à casa da Virgínia.

— Não entendo, ela acabou de sair daqui. O que é que vocês tanto têm para conversar?

— Coisas... — disse minha tia antes de sair.

— Não esquece a sombrinha, está muito quente.

— Preciso tomar sol.

— E essa, agora? Não odiavas o sol?

— Volto antes da janta — disse tia Circe, sem responder.

"Tu me acompanhavas à estação rodoviária na hora mais confusa e incerta, no limite entre a noite e o dia, quando as potências noturnas estão por ser vencidas pelas diurnas e as trevas lentamente se retiram para o interior da terra. Insistias em ir de automóvel, dizias que a mim Gustavo Brechen emprestaria o *Studebacker*. 'São poucas quadras', eu argumentava, 'não vale a pena, vamos a pé'. 'Só se, de tarde, tu me levares a tomar sorvete', barganhavas. Eu aceitaria qualquer condição para estar na rua à hora em que as coisas se duplicam, as calçadas orvalhadas, os cães vadios, os gatos tresnoitados. Não há nada mais misterioso e obscuro, mais enigmático e incompreensível do que esta hora em que o dia parece flutuar na noite e a noite banhar-se na luz do dia. O próprio tempo, na luz esquiva da madrugada, torna-se movediço, pantanoso. É como se Chronos, o deus de curvo pensar, se detivesse, surpreso, e contemplasse a própria face numa poça d'água, e se visse esgarçado e diluído. No horizonte, na direção de San Martin, o casario vacilava na bruma, as árvores ainda não projetavam sombras. Respeitavas a minha necessidade de silêncio, ou a melancolia da hora também te atingia, apesar da idade? Sobre o abismo noturno que se fechava, ecoavam nossos passos, passos ainda lentos, e já ouvíamos, distante, estridente, perturbador, o som do motor do ônibus contornando a praça da matriz, e eu então te apressava. Chegávamos à estação no instante em que os passageiros, sonolentos, começavam a descer. Meu coração doía, de medo que José Cármio não aparecesse, mas, sábado após sábado, durante os nove meses de nosso namoro, jamais faltou.

Esperaste José Cármio descer do ônibus e apanhar a mala no bagageiro, dar a gorjeta ao motorista, abraçar-me, beijar-me, perguntar sobre o velho Gustavo, se ainda estava muito furioso, tinham tido uma discussão que beirara a violência física, meu pai não queria permitir o namoro, tu o esperaste saber de dona Inês, se já estava recuperada da última enxaqueca, para só então agarrá-lo pelo braço do paletó e chamá-lo de *tio*. José Cármio engoliu em seco, seus olhos se encheram de lágrimas, soltou as malas na calçada da rodoviária, te suspendeu no ar, ensaiou uns passos de samba, encheu teu rosto de beijos. Eras um menino, não podias imaginar a importância dessas três simples letras. Foste nossa primeira e única vitória contra o preconceito de meus pais, de meus amigos, da cidade inteira. Havia alguém, em Pau-d'Arco, que não separava o mundo entre brancos e pretos, que estava do nosso lado, que atravessava conosco as ruas ainda solitárias da manhã nascente, respirando o ar rarefeito da inocência e da pureza.

Seguimos de mãos dadas e a pé, os três, depois que te convencemos a não tomar o carro de praça do Osvaldino, o único carro de aluguel de Pau-d'Arco. O *Hotel Mirandinha* ficava a poucas quadras da rodoviária, onde José Cármio se hospedava. Na verdade, em 58, dava para atravessar a cidade a pé em todas as direções sem cansar. Eu e tu o deixamos no hotel, para que dormisse até perto do meio-dia, a viagem de Porto Alegre a Pau-d'Arco era muito longa e cansativa, quase toda em estrada de chão batido, e depois voltamos para o casarão Brechen. No caminho, vieste perguntando o nome dos pássaros e das plantas.

Madressilva, eu te dizia.

Capuchinha, primavera, actínia, baunilha, flor-das-almas.

Coleiro-do-brejo, tesourinha, sangue-de-boi.

'Hoje', perguntaste-me de repente, 'posso cortar o bolo?'

'Podes, meu querido, de hoje em diante tu serás o nosso cortador oficial.'"

Um pequeno quarto de hotel, no coração de uma cidade insignificante, pode ser o melhor lugar do mundo para o início de uma história de amor, pensou José Cármio e se espichou na cama, sobre a colcha de retalhos que tu fizeste. Um quarto de hotel, tia Circe, como uma narrativa ou um bordado, não precisa de móveis escuros, ou descrições luxuosas, nem de cortinados esvoaçantes, estampas exóticas ou tapeçarias raras para ser confortável, ou verdadeiro, e convidar um inquilino, ou um leitor, a descansar no seu espaço, por mais curto, simples e exíguo que seja. O espírito, num ambiente austero, divaga, os olhos não se detêm nas coisas, José Cármio não se fixa em nada, os fatos, difusos e desordenados, se misturam, o teu rosto e o rosto de Virgínia se distorcem, como a fumaça do cigarro que impregna o ar e o tinge de azul esmaecido. No entanto, agora sou eu quem precisa dar coerência e verossimilhança à massa caótica de imagens que circulou pelo cérebro do negro naquela noite, há trinta e sete anos, depois do filme *E o vento levou*. Uma boa história, tu me ensinaste, tem todas as *pontas* amarradas por trás do bastidor. De certa forma, eu e José Cármio somos iguais. Como ele, também eu me pergunto: o nariz afilado e o lábio fino, eram de quem? Teus, ou de tua amiga Virgínia, os cabelos castanhos? Quem a mais alta? Ele somente tinha certeza dos olhos, azuis, de ambas. Os teus, tia Circe, o tinham fisgado antes,

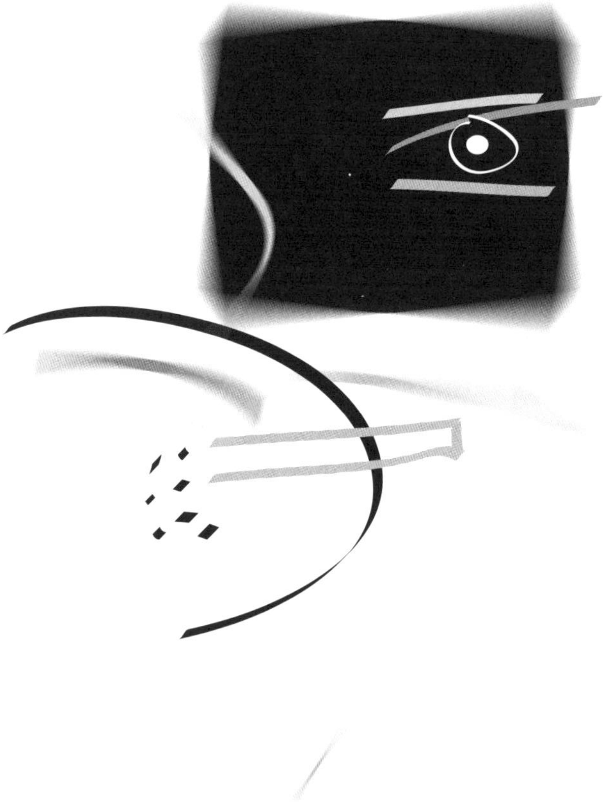

diante do casarão; os de Virgínia ele não chegou a ver, sequer a encarou, tão impressionado estava contigo. "Entrei no cinema atrasado, tateei no escuro. Fiquei parado no corredor, até acostumar-me à escuridão. Encontrei um lugar vago no meio da sala. Se eu fosse um personagem de filme ou de romance, pensei, sentaria ao lado da loira que me serviu o copo d'água, a loira de olhos azul-turquesa estaria à minha espera, mas o lugar vago separava um gordo de uma velha. Entalei-me entre os dois. Ele cheirava a alho, ela resmungou durante todo o filme. Comecei a examinar a plateia, com esperança de rever a mulher do casarão". Tia, o negro espichou o braço, bateu o cigarro na borda do cinzeiro sobre o criado-mudo. José Cármio olhou de novo, todas as mulheres da cidade se pareciam, tinham o mesmo formato de rosto, eram corpulentas, usavam o cabelo escorrido, ele não podia garantir que fosses tu, sentada às suas costas, nem passava por sua cabeça que tu o fitasses, enlevada, na penumbra. Virgínia, sem saber ainda de nada, acompanhava as imagens na tela. Talvez, se José Cármio pressentisse o teu interesse, teria se encorajado e ido, ao final da sessão, ao teu encontro, antecipando assim, em semanas, os passos da lenta dança de aproximação e nem teria sido necessário utilizar o Pedro, filho da Zenilda, como mensageiro para as primeiras cartas de amor. Não teria tido necessidade de reaparecer em Pau-d'Arco, como que por acaso, dois meses depois, nem o velho Gustavo teria se espantado tanto ao vê-lo reentrar na loja, fizera uma compra gigantesca, por um ano, ou mais que isso, não necessitaria de nenhum dos produtos de *Bromberg*. Meu avô estava ainda irritado consigo mesmo, julgava-se moralmente lesado, imputava a compulsão que o levara a comprar acima da sua natural frugalidade ao clima de sedução que o negro construíra ao recusar-se a jogar xadrez. Em várias décadas de comércio, recebera inúmeros vendedores de sorriso afável e gestos elegantes, mas jamais se excedera, adquiria apenas o necessário para manter a loja abastecida. Quando os caixeiros-viajantes insistiam, encerrava o assunto com um olhar cínico e um categórico *não quero mais nada*. Mas com o negro tinha sido diferente, ele não elogiara a qualidade dos produtos, não tentara aumentar o número de peças no instante de anotar os pedidos, abrira os prospectos com negligência estudada, estendera-os na mesa quase de má vontade. E o velho, comovido, sensibilizado pelas derrotas no xadrez, acabara sendo o único responsável pelo exagero das compras. "Meu caro, põe mais duas dúzias de garfos e facas." O negro, como um taquígrafo, apenas obedecia. "Creio que este ano os colonos vão ter sorte, vai chover dinheiro. Anota aí mais dez lampiões a gás." Não, o teu pai não podia acusá-lo de nada. Aquele fora o dia do vendedor. "Fiz a praça em San Martin e resolvi dar um pulo até aqui, para rever os amigos", dissera o negro, antes que o espanto de teu pai se transformasse em desprezo. Tia, se tu não tivesses respondido a carta, se não te mostrasses tão emocionada com o poema que ele te dedicou — um octeto de métrica equivocada, nitidamente influenciado por Camões —, se na ambiguidade das entrelinhas da carta que também escreveste não indicasses a reciprocidade do desejo, ele teria esquecido teus grandes olhos azuis, a cristalização se desmancharia sob o fogo de novas paixões e o veneno cessaria o seu efeito. Stendhal afirma bastar um grau muito pequeno de esperança para que nasça a paixão. Quem, na cidade, teria tido a sensibilidade de te escrever um poema? Coisa de mulher, te diriam. Não sabiam eles que o amor, para deitar raízes, precisa de rituais, versos, flores, conchas marinhas, doces e perfumes? O amante há que despertar a admiração no coração da amada com pequenas gentilezas e incutir-lhe a esperança com sorrisos e olhares. Assim se faz cristalizar o amor, como o ramo desfolhado que é jogado nas profundezas das minas no duro inverno de Salzburg. Meses depois, ao ser retirado, ele sobe à superfície recoberto de diamantes móveis e cintilantes. Tempera-se a primeira cristalização do amor com a dúvida e uma pitada de ciúme. Do resto, encarrega-se o tempo, e tanto melhor se em fogo lento. Tia, se, na porta do cinema, tu o tivesses encarado no instante em que ele te fitou, se tivesses te detido, terias abreviado a agonia da espera, talvez não da primeira, de três meses, mas da segunda, de trinta e seis anos, mas tiveste, e depois perdeste, o braço de Virgínia para te apoiar, e, assim, ao fugires de um vaticínio, foste ao encontro de outro. Sim, construíste a fatalidade, te imaginaste mulher do negro quando nada, nem mesmo os sinais nas entranhas das aves, que Zenilda buscaria sem sucesso, indicava que o negro viria a ser teu. José Cármio dobrou os joelhos, tirou as meias, manteve o cigarro preso entre os dentes. "Eu devia ter atacado, fiquei paralisado, dizer o quê? Agradecer pela água?" Tia, deixaste a sala de projeção com a expectativa de que ele te abordasse, retardaste o passo, vamos, disse tua amiga, quase a te arrastar. "Podia tê-las acompanhado à casa, mas fiquei parado, enfiei as mãos nos bolsos, fingi procurar o isqueiro." Não teria sido tudo diferente, tia, se tivesses conversado com José Cármio ali, à porta do *Imperial*? Depois, no casarão, naquela mesma noite, começaste a preparar a sedução escrita, plasmaste o personagem que amarias antes mesmo de sentir-lhe o hálito. Sentada na sala do casarão, tricotando ao lado de tua mãe, sabias que ele te escreveria. Assim, não cometeste, diante de ti mesma, nada de abominável ao responder-lhe, convidando-o para conhecer a cidade. "Se Pau-d'Arco não fosse tão pequena, eu abriria uma *Delicatessen*", escreveste-lhe, gabando-te de teus dons culinários.

Os homens — devolvo-te a frase, infelizmente já não podes te recordar do início de meu namoro com Joana — são como peixes, basta linha e anzol. Não tivesses preparado a isca, o velho Gustavo Brechen não teria resmungado um seja bem-vindo ao apertar a mão do negro, na tarde em que ele reapareceu na loja. Tia, tantos rapazes apaixonados por ti em Pau-d'Arco e preferiste um homem pobre, vendedor ambulante, baixinho, separado da mulher, pai de dois filhos, e *negro*. Hoje, eu jogo, ele pôde dizer e sorrir, seduzir teu pai. Os olhos de Gustavo Brechen se iluminaram, a carranca se desfez, o que o trazia de volta à cidade não era o interesse em vender mais panelas, como imaginara ao vê-lo assomar à porta, mas a obsessão também por peões passados e bispos em *fianqueto*. Um único gesto teu, ou nenhum gesto teu, e meu avô não teria contornado o balcão e conduzido José Cármio ao andar de cima, onde Thiago Lamprecht esperava, as peças já dispostas sobre o tabuleiro.

Tia, te levantaste, recolheste o prato e a travessa quase intacta. Os pedaços de galinha, dourados e guarnecidos por batatas assadas e folhas murchas de alface, me oferecerias amanhã, quando eu viesse para minha visita semanal. E como sempre tenho feito, apesar do orgulho ferido, aceitaria. Para disfarçar o embaraço, eu perguntaria se estava tudo bem contigo. "Sinto dores nas juntas", me dirias outra vez. Eu falaria da Joana — não suporto mais essa mulher. "Não quiseste seguir os meus conselhos", ponderarias, superior, dona da verdade. Quando os assuntos rareassem, retirarias a travessa da geladeira, enrolarias os pedaços de galinha em papel alumínio, apesar de meus protestos. "Lembranças ao pessoal", continuarias, antes de alcançar-me o pacote e conduzir-me à porta de saída. Eu atravessaria o pórtico dos leões e a alameda assoviando, jurando a mim mesmo nunca mais colocar os pés na tua casa.

Colocaste a travessa na geladeira e bateste a porta. O gesto escondia uma ponta de rancor, de impaciência, como o osso esconde a substância gelatinosa? Depois de tantos anos, estavas, enfim, entregando os pontos? Não, ainda não. Suportaste a dor que se espalhava pelo rosto com estoicismo, com a força moral que te fazia uma das mulheres mais fortes de Pau-d'Arco, mas também das mais temidas. Não, tia Circe, não era a altura e a inteligência o que assustava os homens, mas tua determinação. Não que eles não suportassem a ideia de dividir o palco contigo, é que tomavas conta de tudo, querias ser atriz, diretora e roteirista.

Devias fazer uma compressa de vinagre e sal no teu rosto, um gargarejo de salmoura também ajudaria, é claro. Percebeste, então, que estavas a engolir o sangue que vertia da cavidade de teu dente quebrado. "Ai que nojo." Tu te aproximaste da janela e cuspiste várias vezes. Ach du lieber Zeit!, *digo-te eu agora, que dia, estavas perdendo a compostura. E se alguém te visse? Mais um pouco e ias te coçar, como fazemos nós, os homens. Retornaste à cozinha, retiraste o saleiro do armário. Percebeste que o traço de uma rachadura quase dividia uma xícara em duas. Tu a usavas ainda por teimosia — não posso crer que o fizesses por sovinice, não tinhas a obsessão do velho Gustavo —, à espera do instante em que se quebrasse de vez. Por que jogar as coisas fora antes do tempo, não é verdade? Teu pai, sim, guardava caixas de fósforos usadas, jamais acendia lâmpadas na casa enquanto não fosse noite fechada.*

"Mas o que é isto?" — perguntaste, em voz alta.

"Pó?"

Não fizeste uma faxina em regra, ontem?

"Estou ficando caduca, esqueci de espanar".

Não, não esqueceste coisa nenhuma, limpaste tudo, com a mesma eficiência de sempre.

Passaste o dedo sobre o balcão — pó nada, cupim. Era só o que te faltava, a casa infestada, devorada em silêncio, dia e noite, madeira sólida e antiga transformada em serragem. Esfarelaste a divisória do armário com uma pequena pressão do polegar e do indicador. A parte externa da madeira ainda não tinha sido atingida, mas os compartimentos interiores estavam todos perfurados, frágeis cascas de ovos.

Despejaste água na xícara quase partida, misturaste duas colheres de sal e encheste a boca de salmoura. Bochechaste o lado ferido, cuspiste a água vermelha. Repetiste a operação diversas vezes, até que a coloração do líquido se tornasse levemente rosada. Procuraste, com a ponta da língua, a raiz do dente quebrado e encontraste apenas o vazio na arcada, a carne mole da gengiva, o nauseante sabor de ferrugem. "Melhor assim", pensaste, "não preciso ir ao dentista tirar a raiz." Súbito, percebeste, no horizonte da consciência, a dúvida fugaz. Desprendera-se inteiro?

Levaste os dedos à boca, examinaste teus outros dentes. Estavam soltos, como se a gengiva estivesse amolecida. Desanimada, sentaste.

Sentiste vontade de chorar; não é tia Circe?

Choraste a perda de um dente? Coisa mais ridícula. Não era assim que me dizias quando eu chegava com os joelhos esfolados, implorando mais compreensão do que mercúrio? Sei como é, os olhos ardem, a garganta se fecha num caroço, até soluços aparecem, soluços secos, mas a raiva impede que as lágrimas venham.

Tu te levantaste, recompuseste o vestido, correste pela casa em faina miúda, espanaste bibelôs de gesso, estatuetas de budas gorduchos, mandarins de barbas ralas e compridas, livros enfileirados nas estantes guarnecidas por armários envidraçados.

"Logo que a aurora, de dedos de rosa, surgiu matutina", recitou João Felício, a contemplar o horizonte ainda escuro, mas que aos poucos ia se colorindo de um azul de chumbo. Depois, abandonou a janela, deixou o livro que tinha nas mãos sobre uma pilha de cortes de tecido e sentou-se à máquina de costura. Meteu um pedaço de pano sob a agulha, conferiu o alinhavo e começou a pedalar a velha *Elgin*. Novembro era o mais cruel dos meses, tinha os amanheceres mais lindos do ano, desejo e memória explodiam por todos os lados, pólen e paixões flutuavam no ar, sorrisos e gardênias enfeitavam as varandas das casas de Pau-d'Arco, e, no entanto, ele, mais que ninguém, precisava trabalhar redobrado, esfalfar-se como um escravo. Sempre, à última hora, quando já se imaginava livre da sobrecarga, e poderia entregar-se enfim ao prazer das longas caminhadas matinais, surgiam as encomendas quase impossíveis. Não sabia dizer não, aceitava, e podia deixar alguém sem fatiota para o baile mais importante do ano? Eram dias e noites sem descanso: pedala, velho, pedala, corta casimira inglesa, alpaca, linho branco, linho azul, alinhava, velho, alinhava, cerze forro de cetim e *faille*, prende botões nos coletes, nas calças, nos paletós. Nesses dias, o chão coalhava-se de retalhos, os manequins vestiam dois e três casacos, tesouras e fitas métricas desapareciam, faltava giz para riscar os panos. Trabalhava, sim, feito um condenado às galés, mas havia satisfação maior que ver depois aqueles jovens robustos e corados rodopiando no salão do Clube Comercial ao som de *Danúbio Azul* sem uma prega nas costas ou nas cavas dos paletós? Bastava dar uma visada geral para perceber quem se arriscara a deixar o traje por conta de outro alfaiate. Nem o prefeito de Pau-d'Arco, que bem podia mandar fazer o seu terno em San Martin ou Cruz Alta, o abandonava; até mesmo gente da capital, como esse negro, o namorado da professora Circe Brechen, preferia o seu trabalho aos grandes costureiros de Porto Alegre. Ele viria, ainda hoje, experimentar a fatiota. Tinha aparecido na alfaiataria há mais de duas semanas, queria ir ao baile vestido de linho branco amassado, mas o alfaiate convencera-o a trocar por um azul-claro, menos agressivo. "Menos agressivo por quê?", indagou o negro, com certa dose de irritação. João Felício não quis dizer que o contraste excessivo chamaria muita atenção, o outro poderia tomar aquilo como ofensa; dedicou-se, assim, a defender

as virtudes do azul. José Cármio relutou, mas acabou por concordar que naquela terra vermelha e poeirenta branco encarde com muita facilidade. E o velho Gustavo, perguntou o alfaiate, não vai ao baile? "Creio que sim", respondeu o negro. João Felício o encarou, sentiu vontade de dizer que duvidava muito, até agora o pai de Circe não aparecera para encomendar o *seu* traje, talvez fosse contra o noivado? "Vai deixar para a última hora", sentenciou o negro, e acertou. Só há quatro dias, quando o alfaiate já não tinha tempo sequer para respirar, veio tomar as medidas. Entrou e saiu quase sem falar. João Felício respeitou a vontade de silêncio do velho comerciante, mas ardeu de curiosidade, precisava confessar, afinal dona Circe era a primeira *alemoa* de Pau-d'Arco com coragem suficiente para apresentar à sociedade um noivo preto. Até então, os negros viviam nos arredores, ou no interior do município, trabalhando de empreitada, e casando-se entre eles. Ele próprio, que de negro tinha o sangue de um avô, de quem herdara o cabelo encaracolado, sofria muita discriminação. Na primeira vez em que participou do *Baile dos Noivados*, no início dos anos 50, foi avisado na portaria do clube de que deveria "portar-se com decência". Ficou sentado a um canto do salão, sob os protestos da esposa, que desejava voltar para casa. Nunca mais ela o acompanhou ao baile. "Parece até que tu não tens dignidade", Eugênia repetia todos os anos, na primeira semana de novembro, enquanto o alfaiate se vestia. "Mas tenho clientes", respondia o marido, rindo.

Era, pois, na fatiota de Gustavo Brechen que o alfaiate trabalhava desde a madrugada, sem cessar. A casimira preta, mais apropriada para o inverno, tomava forma, mangas e pernas deslizavam sob o pé calcador, a agulha como que perseguia a linha tracejada através de cós, bainhas e golas. Quando José Cármio entrou na alfaiataria, próximo do meio-dia, João Felício já respirava aliviado, entregaria o terno do velho na véspera do baile, dali a quarenta e oito horas.

— Vamos entrando — disse o alfaiate, sem tirar os pés do pedal da máquina de costura.

O negro contornou o balcão, escorregou, quase caiu ao pisar nos retalhos, mas escorou-se a tempo na pilha de cortes de tecidos.

— Perdão — disse João Felício, levantando-se, desculpou-se pelo desleixo, o trabalho era tanto que não lhe sobrava tempo nem mesmo para a faxina.

— Não foi nada — murmurou José Cármio.

João Felício saiu por uma pequena porta nos fundos da alfaiataria e retornou, alguns segundos depois, empunhando uma vassoura. Pôs-se a varrer os pedaços de pano, a ajuntá-los num montículo.

— E isso aqui, é bom? — perguntou José Cármio. O alfaiate viu que o negro tinha a *Odisseia* nas mãos.

— É o pai de todos os livros — disse e tornou a entrar na portinhola.

— O senhor parece a minha noiva — continuou o negro.

— Ãn... — fez o alfaiate, que voltava.

— O senhor parece a minha noiva — repetiu José Cármio. — Gosta de ler — acrescentou.

— Gosto muito — disse o alfaiate, parado no meio da sala —, especialmente os gregos, eles inventaram tudo.

— Ler romances me dá sono.

— Não é um romance, mas é como se fosse — disse João Felício e fitou o livro que o negro ainda tinha nas mãos.

— Como assim? — quis saber.

— É uma epopeia, a melhor de todas.

— E este? — perguntou José Cármio, apanhando um outro volume.

— *Os ossos da noiva* — disse o alfaiate.

— Sobre?

— Uma triste história de amor e preconceito. Para não deixar a filha casar com um negro, o pai manda matar o noivo. Depois, enterram o sujeito dentro do automóvel da família, para que pareça roubo seguido de fuga. A pobre fica à espera do amante durante décadas.

José Cármio abriu o livro ao acaso: "Ao dobrar a esquina, já próximo do hotel, Ivan Marcos percebeu o *Studebacker* estacionado sob a lâmpada fluorescente. Era uma noite quente de novembro,

de céu estrelado. Teso ao volante, Bertoldt Gus esperava. Aproximou-se e não pôde deixar de sorrir mais uma vez ao constatar a singular semelhança entre o futuro sogro e William Faulkner: o bigode bem aparado, o cabelo branco, o sorriso levemente sardônico, o olhar agudo e inquisitivo.

— Boa noite — disse à janela do carro.

— Entre — resmungou o velho."

José Cármio virou algumas páginas, saltando a longa descrição que se seguia.

"— Ah, meu Deus! E agora? Uma surra bem dada bastava.

— Está morto — disse o empregado da loja de ferragens.

— Puta merda, tu quebraste o pescoço do cara — acrescentou o outro homem, contratado em San Martin."

Fechou o livro, colocou-o sobre a pilha de cortes de tecido, enquanto João Felício aproximava-se do manequim que estava mais próximo da janela e retirava dele o paletó que o recobria.

— Reumatismo — disse, depois de perceber que o negro observara seu leve manquejar.

José Cármio vestiu-se, o alfaiate espantou-se. Teria errado as medidas? Descuidara-se ao cortar a peça de linho cru? Estava com a vista fraca e o pulso trêmulo? Tornou a conferir o caimento do tecido, estranhou as cavas folgadas.

— Não sei... — murmurou — devo ter... mas não é possível...

— Emagreço quando me apaixono — disse José Cármio, e riu.

O alfaiate respirou aliviado, ajeitou os óculos e apressou-se a ajustar as cavas do paletó.

"Tu preferias sentar de costas para a escada, eu ficava à tua direita, meu namorado à esquerda, e os lugares de meu pai e minha mãe, à tua frente, vazios. Gustavo Brechen, após semanas de discussões violentas, cedeu e permitiu que José Cármio frequentasse o casarão, mas recusou-se a participar de qualquer atividade em que estivéssemos presentes. 'Para mim, tu estás morta', me disse depois de saber, através de minha mãe, que eu amava um negro. 'Foi para isso que te criei?', gritou. 'Calma, Gustavo', dona Inês apaziguava. 'Para me dares esse desgosto? Não bastava o teu irmão, que devia estar me ajudando na loja, fugir com uma mulher casada, mãe de família, e agora tu me vens com essa paixão por um vagabundo? Que tipo de monstros saíram do meu sangue, meu Deus!' Vagabundo, não, pai, tu sabes que o José Cármio não é um vagabundo. 'É um negro vagabundo, sim, que se aproveitou da minha confiança'. Eu, pai, eu que o quis, eu que lhe escrevi uma carta, convidando-o para voltar a Pau-d'Arco e me visitar. 'Que horror! Que horror!', exclamava o velho Gustavo. '*Man*, isso passa, tua Circe logo vai voltar ao normal', minha mãe o consolava. 'Normal, normal? Depois de se esfregar num preto? Qual é o branco que vai querer casar com ela, sabendo que namorou um negro?' Meu problema, pai, eu disse, mas hoje me arrependo, é que eu sou uma solteirona, meu erro foi não ter dado o rabo ao primeiro alemão-batata que me quisesse, não é?

José Cármio comia dois ou três pedaços de bolo *formigueiro*, teu preferido, Carlos, bebia várias taças de café preto com cardamomo, beliscava os salgados, as tortas frias, os pastéis, os patês. 'Não almoço', dizia, 'que é para poder comer mais'. Ele sabia me agradar, tinha sempre um elogio para os meus olhos e para os meus pratos. 'Tia Circe', tu exclamaste, na primeira tarde de sábado em que sentamos, os três, à mesa, 'ele vai comer tudo', e te puseste a chorar. 'Vamos passear de *Studebacker*', José Cármio falou. 'O vovô não deixa', murmuraste, enxugando as lágrimas. 'Eu falo com ele', eu propus."

Durante meio século as mulheres de Pau-d'Arco invejaram dona Inês por causa de Zenilda, a empregada mais antiga do casarão. Tentaram convencê-la a abandonar os Brechen de todas as formas, ofereceram-lhe salários tentadores e horários especiais; ela resistiu a todas as investidas. "Quando a esmola é exagerada, até o coroinha desconfia", ela dizia e se punha a rir, a papada trêmula. As outras serviçais, encarregadas da limpeza, não conseguiam suportar o velho Gustavo. Ao chegar da loja, meu avô percorria quartos e salas em busca de vestígios de poeira, o dedo-prova-do-crime-de-relaxamento em riste. Em nome da rinite alérgica da esposa, tiranizava as empregadas, os parentes. Dona Inês, ao contrário dele e da senhora Aubain, burguesa de Pont-l'Evéque, do livro que minha tia tanto amava, tratava os empregados domésticos com doçura, e à Zenilda mais que aos outros. Não porque admirasse o trabalho que ela fazia, não havia como não admirá-lo, era uma cozinheira excepcional, jamais se enganava nos temperos, vivia criando novos pratos, mas porque minha avó sabia reconhecer e respeitar a dedicação. Implicava com os empregados da loja de ferragens, é verdade, mas eles realmente eram relapsos, manhosos e, às vezes, até pouco honestos. Zenilda, ao contrário, estava sempre a postos, fiel e abnegada, amamentara tia Circe, suportara as maluquices do tio Arnaldo. Era viúva, mais velha, experiente. Quase mãe de tua mãe. Todos os sábados, lavava e polia o *Studebacker* de quatro portas, volante hidráulico e câmbio hidramático que meu avô comprara em Porto Alegre, na *Casa Dico.* Depois da faxina, o velho dava uma volta por Pau-d'Arco, atravessava a cidade, empertigado ao volante, sorridente. Parava no armazém Scossi, onde bebia uma *gasosa.* Um pouco antes do meio-dia, retornava ao casarão, fechava o *auto* na garagem o restante da semana.

Nos primeiros dias de novembro, Gustavo Brechen andou estranho, muito estranho. Não falava, não sorria. Pensava no baile? Pressentia o escândalo? Num gesto de desprendimento, que surpreendeu a todos, permitiu que minha tia fizesse os dois vestidos, o do baile e o de noiva, na melhor costureira de San Martin. Além disso, emprestou a *relíquia,* como ele dizia, para que ela fosse à cidade vizinha, apesar dos buracos da estrada de chão batido. Na primeira viagem, foram minha tia e José Cármio. Por que não fugiram?

Na segunda, eu e Virgínia fomos convidados. Na hora do embarque, Zenilda se aproximou, abriu a porta, o semblante carregado.

— Dona Circe, eu queria lhe pedir uma coisa, até cheguei a sonhar com isso ontem à noite.

— Fale, mulher.

— Nunca entrei num auto, eu queria saber como é andar de *Studebacker*... Posso ir junto?

— Entra logo — disse Circe Brechen, que não chegou a ver a cara de espanto da empregada, tão ansiosa estava para provar os vestidos novos —, estamos atrasadas.

Tia, por que não apanhaste um Edgar Allan Poe, um Henry James, um Antón Tchecov, antes de correr para o jardim? Há quanto tempo a biblioteca está fechada? Se estivesses viva, terias de fazer um grande esforço para recordar o último livro que leste, não é? Sempre que eu te visitava, comentavas novas descobertas, novas páginas, detalhes que te haviam passado despercebidos noutras leituras. Foste tu que me ensinaste a desconfiar sempre dos autores, a buscar anagramas, criptogramas e charadas em todos os textos. Jamais me passaria pela cabeça, por exemplo, que o próprio nome de William Wilson contivesse a questão fundamental de sua personalidade, Will I am son? *Ou que* Raven *fosse um quase anagrama de* Never. *Ah, eu queria te ver outra vez de livro em punho, alheia ao mundo e à minha respiração ofegante, eu queria sentar-me aos teus pés outra vez à espera do momento em que colocasses entre as páginas um marcador e fechasses o volume com toda a suavidade do mundo, como que a acariciar o filho que nunca tiveste. Retiravas os óculos e te punhas a contar e recon-*

tar o que tinhas lido. Sentado aos teus pés, eu conhecia a outra Circe, a que conseguiu manter Ulisses preso numa ilha por dez anos, eu conhecia o médico que vendeu a alma ao diabo, o barão que conseguia voar puxando os próprios cabelos, o aventureiro que entrou no coração das trevas. Sentado aos teus pés, embalado pela tua voz, eu esquecia o bracinho ressequido que dona Inês guardava no andar de cima. "Essa história daria um conto, me disseste um dia. Conto que nunca escrevi. Tio Arnaldo tinha oito anos quando perdeu o braço direito. Era um menino agitado, franzino. Sábados à tarde, depois que deixavas o casarão em ordem, o assoalho ainda mais brilhante que os grandes espelhos da sala, ele entrava da rua sem raspar os pés no capacho e emporcalhava tudo. Tu o perseguias de vassoura em punho, gritando, mas ele era mais rápido, saltava sobre os móveis, descia sentado no corrimão da escada, zunindo, arriscando-se a quebrar o pescoço. Um dia, escapou da morte por milagre. Um cliente de teu pai encostou uma aranha *na frente da loja. O cavalo não era xucro, mas reagiu com violência. Teu irmão podia ter sentado na boleia e fustigado o animal à vontade, passearia por Pau-d'Arco sem maiores consequências, exceto talvez uma boa surra do velho Gustavo, mas preferiu se jogar sobre o lombo do petiço em pelo. Era um bicho manso, acostumado ao boçal, que ao longo de sua vida deixara-se arrastar pelo cabresto. Jamais se ouvira falar, desde a doma, de um gesto seu de revolta. Sempre que o dono o chamava, aproximava-se, o focinho já inclinado, para facilitar o encilha-*

mento. No entanto, naquele dia o cavalo foi outro, deixou-se dominar por um súbito desejo de liberdade, e quando tio Arnaldo fincou os calcanhares nas suas ilhargas, pinoteou, arrancou escoiceando. Teu irmão se desequilibrou e caiu. Talvez se a charrete não estivesse tão pesada, carregada de milho e mandioca, a roda não lhe teria amputado o braço. Levado para o hospital, sobreviveu. Naquela época, não havia em Pau-d'Arco quem religasse tendões rompidos, veias laceradas, tecidos esmagados. Diante da impossibilidade de ter o filho inteiro de volta, dona Inês o exigiu dividido, um pedaço mumificado, com a ordem expressa de que, quando o filho morresse, fosse enterrado junto com o restante mutilado do corpo. E o braço ficou lá, no baú do quarto de hóspedes, à espera da morte de tio Arnaldo. Dona Inês não podia imaginar que ele fosse fugir com a mulher de um carpinteiro e esquecer, na pressa, o bracinho. A velha morreu sem ver seu desejo cumprido e tu guardaste o souvenir. *Jamais, na minha infância, subi os dezoito degraus que me separavam do andar superior. Eu imaginava a sobra de tio Arnaldo viva, os dedos se movendo ainda, prontos para me estrangular.*

Nem João Felício, o alfaiate, que recordava até a cor dos ternos dos rapazes e os tipos de penteados das mulheres, conhecia a origem do *Baile dos Noivados*. "Certas coisas", ele me disse, "se perdem nas brumas do tempo. Quando cheguei aqui, em 47, o baile já era uma tradição, e nenhuma noiva de boa família deixava de apresentar o seu pretendente à sociedade de Pau-d'Arco. Tua tia levou o negro ao baile, afinal ia casar com ele, o namoro era sério. O clube não proibia a entrada de gente de cor no salão, apenas na pista de dança, para evitar que as mulheres brancas fossem molestadas. O erro de dona Circe foi insistir com José Cármio para que dançasse. Tu sabes como ela era, teimosa e determinada. A simples proibição a excitava, tornava o desafio mais interessante. Tua tia não era mulher para a nossa cidade, devia ter nascido na capital. Tivesse ido embora, feito fama e fortuna, Pau-d'Arco se orgulharia da filha ilustre. Quando voltasse para visitar os parentes, seria recebida com festas e discursos na Câmara de Vereadores. Ficou, enfrentou a mediocridade e o preconceito sem baixar a cabeça, com a dignidade que eu próprio não tive, e por isso precisou se fechar no casarão, longe de tudo e de todos, durante tantos anos. Eu já estava no salão, gostava de chegar mais cedo, para observar o povo, tinha procurado um ponto afastado da pista, próximo a uma das janelas, quando teu avô estacionou o *Studebacker* diante do clube. O velho Gustavo desceu, firme e saudável, quem podia imaginar que dali a três meses morreria de enfarte?, contornou o carro, abriu a porta para dona Inês. Depois, foi a vez do negro descer, da janela observei que o caimento do casaco estava perfeito, meu ajuste funcionara, ele contornou o auto, abriu a porta e ofereceu o braço para que tua tia nele se apoiasse. Curiosos juntaram-se às janelas do salão, contendo o riso. José Cármio, um palmo mais baixo que dona Circe, esforçava-se por parecer mais alto, esticava-se todo, andava quase na ponta dos pés. Entraram no salão, contornaram a pista de dança e sentaram-se na mesa que lhes estava reservada. A orquestra *Serenata*, composta por músicos da própria cidade, estava a postos, afinando os instrumentos. Fiquei escorado à janela, dividia uma cerveja com um amigo, o Osmar Kiefer, que nesta noite não tocaria, seria substituído por outro músico, sua mulher recém-parira um menino e ele precisava fazer-lhe companhia. 'E então, Ossi, já escolheu o nome do guri?', perguntei. 'Charles', ele me respondeu. 'Por causa do Atlas?', eu quis saber. 'Não', respondeu, 'homenagem ao

Chaplin'. Lembrei dos sapatos de palhaço e ri. 'Meu filho vai ser artista', disse o músico, e seus olhos brilharam. A orquestra tinha começado a tocar, ele se despediu, fui à copa apanhar outra cerveja, os casais se posicionaram no salão. Meia hora depois, vi dona Circe levantar-se, agarrar a mão de José Cármio, que relutava, e arrastá-lo para a pista de dança. O negro dançava bem, tua tia não fazia feio. Rodopiaram pelo salão, se não me falha a memória a música era de Strauss, duas ou três vezes, até que os outros casais abandonaram a pista e formaram um largo círculo. O casal ficou no meio, a orquestra parou, e os moradores de Pau-d'Arco começaram a gritar e a bater os pés. O salão quase veio abaixo, o clube ainda era de madeira, o novo só seria construído vinte anos depois. Tua tia e o negro tentavam sair da roda, furar o cerco, mas não conseguiam. Qualquer outra mulher teria chorado, mas ela encarou-os de frente, tentava falar. Nesse instante, teu avô, da mesa em que estava, transtornado, chamou a própria filha de cadela. *Cala tua boca*, ele continuou, *basta*. Como as águas do Jordão, o círculo se abriu, os antigos colegas de infância, os pretendentes preteridos, as supostas amigas, gente da mesma cor e da mesma religião, outros que sequer a conheciam, formaram um corredor polonês. E então, com passos contidos, ela parecia estar numa passarela, dona Circe atravessou o muro da vergonha de mãos dadas com José Cármio, sorrindo".

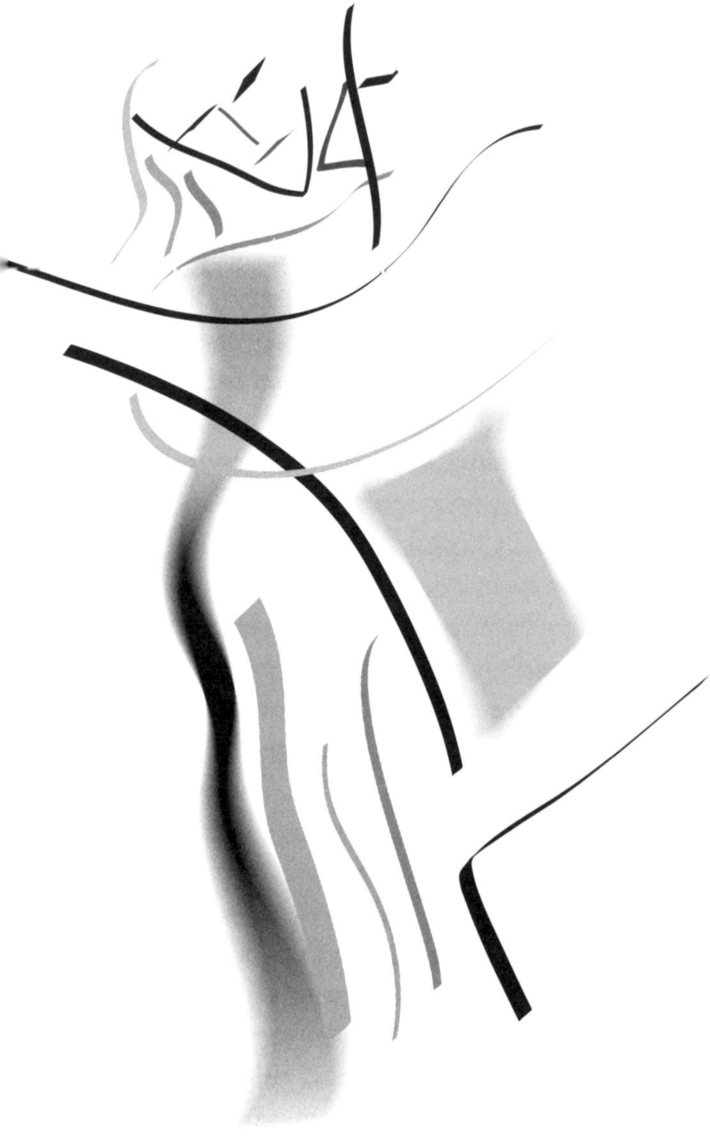

Tia, tua língua parecia tomada de vontade própria, insistia em conferir, incansável, a cavidade na arcada. A gengiva, dolorida, continuava a sangrar, apesar da salmoura. Nauseada, engolias a saliva e o sangue. Buscavas concentrar-te na faxina, para enganar a hemorragia. Às vezes, no limite do vômito, ias ao banheiro dos fundos, que tinha servido aos empregados da casa, e lançavas uma gosma avermelhada na pia. Tornavas a fazer bochechos com água e te repreendias, em voz alta, pela estupidez cometida no almoço. "Praga de mãe", pensaste, "é infalível." Ainda sentias uma raiva indefinida por dona Inês. No entanto, nos últimos anos de convívio, antes que ela também morresse, o rancor se dissipara e uma onda de ternura e simpatia por ela te invadiu. Se tu a tivesses, agora, a teu lado, podias encostar tua cabeça nos seus ombros, beijar-lhe a nuca, tomar-lhe a mão pequena entre as tuas. Não seria necessário falar, bastaria sentar com ela ao pé da escada, quedar-se a ouvir-lhe a respiração difícil. Os filhos tornam-se pais de seus pais, porque o tempo se detém sobre uns e continua a trico-

tar sobre os outros. Antes do enfarte do velho Gustavo, antes da vergonha do baile, dona Inês era uma mulher doce e meiga. Incansável, comandava a faxineira, a cozinheira, o jardineiro, ao mesmo tempo em que controlava as contas da loja, vigiava as contas de crédito e de débito, que teu pai vivia absorto, perdido mesmo, nas infindáveis partidas de xadrez no cartório. Depois que o marido morreu, viveu sem falar, uma sombra errante no labirinto da casa, a cerviz inclinada, os olhos baços. Ah, tia, se ainda pudesses te recordar do velório do velho Gustavo. Dona Inês, agarrada ao corpo já endurecido de teu pai, debruçada sobre o caixão, recontou ao morto a própria vida, o primeiro encontro, o primeiro beijo, as festas, os bailes, as poucas viagens, as brigas, tudo, ela recontou tudo, coisa por coisa, como se estivesse fazendo renda de naveta. Agora, aqui na luz escassa da madrugada, nessa hora incerta que tanto amaste, consigo ver no teu rosto o rosto de meu avô, os mesmos traços, a serenidade enfim alcançada; vejo dona Inês com o cotovelo da mão esquerda apoiado na borda do esquife, na direita o lenço de cambraia, que servia para enxugar as lágrimas, secar o suor e espantar as moscas que insistiam em pousar no nariz de Gustavo Brechen. Ela balançava a cabeça, já não chorava mais, apenas gemia, soluçava, e falava, falava, ajeitava-lhe a gravata, meu avô não a perdoaria por este último desleixo, dona Inês enxugava-lhe a baba que escorria dos cantos da boca azulada. Na tarde do dia seguinte, na hora de fechar o caixão, tivemos de arrancá-la de perto do marido, carregá-la escadaria acima, mas a velha não se deteve. Tarde da noite, chovia muito, a cântaros, tu gostarias de dizer, ela continuava a ladainha. Súbito, olhou para o teto, arregalou os grandes olhos azul-turquesa que herdaste, e suplicou a Deus: Lass mich gehen!, *mas ele não a deixou ir, e ela ficou em silêncio durante os onze anos, três meses e vinte e um dias que lhe restaram. Se tu pudesses tê-la agora ao lado, passarias teu longo braço sobre os seus ombros e recitarias,* Siehst du den Mond dort stehen? Er ist halb zu sehen und ist doch rund un schön, *e tua mãe-criança responderia que sim, que ela via a lua, mas somente a sua metade, "e, mesmo assim, redonda e bela", tu acrescentarias.*

Tia, tuas têmporas latejaram, ontem de manhã, anunciando a enxaqueca, mas não paraste de trabalhar, te dirigiste à cristaleira, retiraste cálices, taças, travessas, pratos. Passaste uma flanela úmida nas prateleiras de vidro, poliste as peças de cristal, uma a uma, conferindo-as contra a luz, e recolocaste tudo nas mesmas posições, menos o cálice de José Cármio, o cálice da Boêmia. Este, embora igual aos outros, tu o reconhecerias entre milhões. "Não segure pela haste, mas pela base, assim, ó, e deslize o dedo com delicadeza sobre a borda, até produzir o zumbido. É bom pra afastar os maus espíritos", tiveste a impressão de ouvi-lo dizer-te outra vez. Puxaste uma cadeira, sentaste, ficaste um longo tempo a contemplar o vaso sobre a mesa, sua delicada harmonia, suas engenhosas ranhuras. Enfiaste a ponta do dedo indicador na boca, molhaste-o na gen-

giva mole, ferida, e depois passaste-o na borda do cálice, lenta e suavemente, até produzir a aguda vibração. Ai, mas há dias, tia Circe, em que nem a magia funciona. O vibrato *fez com que tua enxaqueca enfim explodisse, uma dor aguda, concentrada, que te aguilhoou a base do crânio, subiu pelos ossos parietais, turvou-te os olhos. Abandonaste o cálice do negro sobre a mesa e subiste a escada de mármore, os dezoito degraus que me cansei de contar nas longas tardes de sábado, quando te esperava descer, depois da sesta. Sentado aí na poltrona de couro, eu mirava o corrimão, sem coragem de subir e escorregar, como tantas vezes fizera tio Arnaldo. Para passar o tempo, eu ficava contando os degraus, dezenas de vezes, dezoito, dezoito, dezoito. O ruído de engrenagens do relógio de pêndulo anunciava a saída do cuco. Três vezes o pássaro aparecia na janela, três vezes abria o bico. Sempre que eu o fitava, recordava-me de Pedro e das três vezes que traiu Cristo. No ar quente da tarde, a casa mergulhada em silêncio de cemitério, eu sentia a vibração de teus passos no andar superior, podia te imaginar diante do espelho, retocando a pintura, que o batom era sagrado, e sagrado era o vestido vermelho, de musselina, que deixavas cair sobre o teu corpo de ancas largas, de braços longos e pernas fortes. Depois, surgias no alto da escada, sorrindo. "Bobinho", me dizias, "por que não subiste ao meu quarto?" Descias, me davas um abraço e um beijo. "Tens tomado leite?", me perguntavas. E antes que eu te respondesse que sim, que eu tomava leite todos os dias, acrescentavas: "É bom para os ossos". Agarravas minha mão e me arrastavas à cozinha. "Lá vai uma chalana, bem longe se vai, cortando o remanso do rio Paraguai. Ó chalana sem querer, tu aumentas minha dor, nestas águas tão serenas vais levando o meu amor", tu principiavas a cantar. Quebravas os primeiros ovos direto na vasilha, punhas manteiga, salgavas. "E se um estiver podre?", eu te perguntava. "Conheço pelo tato", respondias. "E assim ela se foi, nem de mim se despediu, ó chalana vais sumindo na curva lá do rio", continuavas a cantar. Eu sentia o peito estremecer, sempre gostei muito de música. "Me alcança a farinha", pedias.*

Subiste, tia, os dezoito degraus, te amparaste nas paredes do corredor que levava aos quartos, agora podias te amparar nelas, o velho Gustavo não reclamaria mais das tuas mãos úmidas no papel que as recobria, paraste para juntar um cisco qualquer no assoalho e tiveste a impressão de ouvir uma espécie de estalido no fêmur direito. Levaste a mão ao quadril, desceste-a pela parte externa da coxa, como que à espera de nova dor, que não veio. Seguiste adiante, sem mancar. Eu gostaria de saber se giraste a maçaneta com a sensação de que era a última vez que entravas em teu quarto, como sempre acontece aos personagens de romance. Circulaste o olhar pelo ambiente, antes de te sentares outra vez na cama. "Boa tarde, Arnolfini", ciciaste, a voz travada, dirigindo-te à reprodução de Jan Van Eyck dependurada na parede, sobre a cabeceira. Há exatos quinhentos e vinte e quatro anos, Giovanni Arnolfini sustinha, com delicadeza, a mão de Giovanna

Cenami, enquanto sua própria mão direita, levantada, jurava amor eterno. Tia, o casal esteve aqui antes de ti e estará depois. Outra vez te davas conta de que não tinhas sequer uma fotografia ao lado de José Cármio. Não foste tão previdente quanto Giovanna, que convenceu o noivo a contratar Van Eyck para pintá-los. Assim, quando ele a abandonasse, ela poderia sentar-se na cama, cruzar as mãos sobre o ventre, mais fértil que o teu, e fitar as chinelinhas de madeira, as frutas sobre a arca e o parapeito da janela, o travesseiro, o cãozinho, o candelabro, o mosquiteiro, o espelho dentado e o reflexo de outra realidade, o vestido de noiva, verde-musgoso, folgado, mas não o suficiente para esconder-lhe a avançada gravidez. Olhar as pregas do vestido de Giovanna, pregas que caíam-lhe aos pés, o delicado debruado lateral, a maciez do pelo do cãozinho, a arca ao fundo, quase escondida, deve ter te inspirado a escrever-me a carta, carta que recebi ontem à tarde. Apanhaste papel pautado, caneta-tinteiro, utilizaste o tabuleiro de xadrez de teu pai como apoio, tabuleiro que me negaste, eu queria ensinar o jogo ao Cláudio e ao Christian e contaste-me a tua história mais uma vez. Ao final, expressaste o desejo de ser enterrada com teu vestido de noiva. Depois de terminar a carta, dobraste a folha de papel pautado, colocaste-a no envelope, passaste a língua na goma adocicada da aba e a fixaste com a ponta do dedo indicador. Reapanhaste a caneta-tinteiro, que tinhas largado sobre a colcha para fechar o envelope, destampaste-a novamente e novamente conferiste a pena, detestavas pon-

tas rombudas, e começaste a desenhar o meu nome. Muitas vezes te vi escrever — recados para minha mãe, listas de compras, a contabilidade da firma —, traçavas as letras com devoção, concentrada em teus próprios gestos, como se estivesses mexendo a colher de pau com que preparavas as tortas e os bolos, os doces de abóbora, as geleias e os pudins nas vésperas das festas ou nos sábados em que José Cármio vinha te visitar. Tinhas uma caligrafia sóbria, sem exageros barrocos, tuas consoantes inclinavam-se à direita, eram altas, elegantes, e as tuas vogais encolhiam-se um pouco, humildemente ovaladas. Repreendias com dureza a minha tendência a escrever sempre em letra de imprensa, querias que eu me tomasse cursivo, acreditavas que a caligrafia tem o poder de determinar o destino dos homens. "Não sejas linear", me dizias e pegavas a minha mão, eu estremecia ao sentir o contato de teus dedos longos, quentes e úmidos, e me deixava conduzir. O que resultava no papel eram garatujas ilegíveis. Anos depois, assim que ingressei na escola noturna, tinha começado a trabalhar no escritório despachante, do qual acabei sócio e, enfim, proprietário, imitar-te tornou-se minha obsessão. Sob exercícios constantes, diários, nas tardes sem clientes, em cadernos especiais, consegui aproximar meu estilo do teu, mas não alcancei jamais a suavidade e a beleza das tuas volutas, a constância e a proporção do tamanho e da inclinação das tuas letras. "Não cortes os tês *com tanta violência", suplicavas. E eu repetia a lição vezes sem conta. Um traço suave, tangencial, era o que querias, mas os meus dedos grossos, calosos, afeitos mais aos furos das bolas de bolão do clube, não podiam deixar de imprimir sobre o papel o peso da minha insensibilidade. Tia, te recordas do trabalho que tiveste para me ensinar a arte do* frivolité*? Argumentei que fazer renda de naveta não era atividade digna de um homem. "Todas as coisas são dos homens", me respondeste e apanhaste a laçadeira de osso. "E algumas são para os mais homens", continuaste, compondo a primeira reunião de nós laçados sobre o fio condutor. "Sabe que os italianos chamam isso de* renda d'occhio?" *Não, eu respondi, com vontade de perguntar se os meninos italianos eram obrigados a aprender serviço-de-mulher também. "Tu não és obrigado a nada", como que respondeste a meu pensamento e eu senti um frio no estômago. Às vezes, tia, tu me davas a impressão de que tinhas poderes paranormais. Cheguei a tua casa, certa noite, com um presente de aniversário. Recusavas as festas, mas não os mimos e as lembranças. Numa recente excursão a Rivera, pensando na tua solidão, minha mãe comprara uma bolsa de couro, queria te ver outra vez pelas ruas de Pau-d'Arco, requintada, sorridente. Para te enganar, fizemos um pacote enorme, caixa dentro de caixa, preenchidas com bolotas de papel amassado. Adivinha o que tem aqui dentro, te desafiei. Perplexo, te ouvi descrever a bolsa nos mínimos detalhes, a tonalidade do couro, o formato, o comprimento da alça, as divisórias e o* zipper *interno ("colocaram-no do lado errado", resmungaste). Tive a sensação de que teus olhos perfuravam as muitas camadas de papel e examinavam o interior do pacote* *como quem vê um objeto qualquer à luz do dia. Também anunciavas desgraças na cidade, no país. Que se cumpriam, para meu espanto. "Amanhã", tu me disseste um dia, três meses depois do desaparecimento de José Cármio e do* Studebacker, *"vamos ter velório". De fato, no dia seguinte, teu pai morreu de enfarte. Mas não previste o longo silêncio de dona Inês, nem o escândalo do baile.*

"Os anéis não se parecem com olhos?", perguntaste-me. Sim, presos uns aos outros, os anéis formavam uma constelação de olhos. "É por isso que os italianos a chamam de renda d'occhio. *A vitória da curva sobre a linha reta", disseste e te puseste a rir, dentes à mostra.*

Levantaste, escondeste o tabuleiro atrás do guarda-roupa. Evitaste o espelho, fixando-te na pequena carruagem de porcelana conduzida por duas parelhas de cavalos bretões. Durante anos, o bibelô ficou dentro da cristaleira, na sala de jantar, ao lado do piano, no andar de baixo. Aos sábados, enquanto tu preparavas o bolo, os pasteizinhos e o café com cardamomo, eu me perdia diante da carruagem, a sonhar com países distantes. Dos inúmeros enfeites, bonecos, babuscas e quinquilharias espalhadas pela tua casa, este é o que herdarei com maior prazer. O conjunto é perfeito. A parelha dianteira, cascos empinados, focinhos repuxados pelas rigeiras do condutor, tem um equilíbrio extraordinário. As pernas traseiras, fletidas, sustentam os corpos dos cavalos, sem o auxílio de apoios. "Veja só", me disseste e retiraste a lança da carruagem, iso-

lando os animais. "Eles ficam em pé!", exclamei admirado. "Ainda não viste nada". Abriste a portinhola, retiraste o casal de namorados, desdobraste-lhes as pernas, colocaste-os lado a lado, de mãos dadas, e abandonaste-os à própria sorte. A sensação que eu tinha era de que o vento mais débil, o menor movimento na casa, minha própria respiração, faria com que se despedaçassem sobre a mesa. No entanto, os dois se mantinham no lugar, eretos, confiantes. Tia Circe e José Cármio, apelidei-os eu. "Mimoso", disseste e passaste a mão no meu cabelo, despenteando-o. Meses depois, faltavam alguns minutos para as quatro horas da tarde, tu já tinhas a mesa posta, a qualquer momento José Cármio tocaria a campainha, estávamos sentados no sofá de couro, levantei-me, caminhei até a cristaleira, apontei para o homenzinho na boleia e murmurei: Iona Potapov. E então foi como se eu visse o crepúsculo, a neve úmida, os grandes flocos, seu rodopiar preguiçoso ao redor dos lampiões recém-acesos, a camada fina e macia sobre os telhados das casas, nos dorsos dos cavalos, nos ombros das pessoas, nas abas dos chapéus. Com paciência, pesando cada palavra, recontei ao cocheiro a história da morte de seu filho. O homenzinho de porcelana ficou lívido, eu podia sentir o seu intenso desejo de largar o trabalho e correr para casa. Quando retornei ao sofá, vi que tu estavas chorando, como se a minha história fosse verdadeira.

E José Cármio, tia, trinta e seis anos depois do baile, não te parecia mais inverossímil que a história de um homem que não tem para quem contar a mor-

te do próprio filho? Tuas cartas, tia Circe, foram a tua eguinha. Confesso-te que não fui capaz de respeitar teu pedido para que não as lesse. Nada que eu não soubesse, ou não imaginasse, estava lá. Nas longas tardes de sábado, enquanto esperavas teu noivo desaparecido, a mesa posta, a casa cheirando a cardamomo, sentado aí no sofá de couro, te ouvi descrever a ventura de teus nove meses de felicidade, a primeira rosa vermelha que recebeste e que escondeste na gaveta da cômoda, os poemas eróticos que ele compunha depois das noites de volúpia, José Cármio escalava o muro, alcançava o abacateiro, agarrava-se no peitoril da janela e saltava para dentro de teu quarto. Que fim deste aos poemas? Queimaste-os noutro ritual de magia negra? Eu queria lhes dar o mesmo destino que darei às tuas cartas de amor; queria fazê-los descer contigo às profundezas da terra, para que se decomponham e se misturem ao pó dos teus ossos, que pó é o que foram e ao pó deveriam retornar. Descreveste, nas cartas dos primeiros anos, a fúria da tua paixão, carregaste nas metáforas, nas antíteses e nos paradoxos, eras leitora de Shakespeare, teu amor compunha-se também de plumas de chumbo, fumaça luminosa, flama gelada, doce fel e amargo néctar; tuas noites eram corcéis de fogo e teus dias, batalhas infinitas. Tenho a impressão de que, mais que o negro, amaste teu próprio amor; te apaixonaste pela imagem que criaste de ti enquanto amante. Circe, a mais alta e a mais forte das mulheres de Pau-d'Arco, amou a si mesma, escreveu-se cartas, cozeu-se bolos, coou-se toneladas de café com cardamomo, mas, com o passar do tempo, a força de suas imagens se enfraqueceu, sua linguagem se descoloriu, suas cartas se tornaram uma espécie de diário, enfadonho e repetitivo, que nenhum amor do mundo suporta trinta e seis anos de espera. Coloquei-as aí; junto ao teu corpo, sob a tua mão direita, que as compôs. Que a terra lhes seja leve, amém. Pensei também em depositar em teu caixão o bracinho embalsamado de tio Arnaldo, mas depois resolvi mantê-lo comigo. Um dia, deixo Pau-d'Arco e vou atrás dele, o braço lhe pertence, a vontade de dona Inês há de ser cumprida, como cumpri a tua.

Deixaste a carta sobre a mesa, visível, a única carta que me escreveste. Ainda há pouco, no silêncio da noite, não há vento, não há automóveis nas ruas, eu a reli. Uma velha história de amor. Sonegaste-me, novamente, o baile, mas não ignoro o que aconteceu lá na pista de danças, João Felício viu tudo. Naquela noite, dormi no sofá da sala do casarão, Zenilda não conseguiu convencer-me a subir ao quarto de hóspedes. Antes de sair, deste-me um beijo, ainda agora posso sentir o teu perfume, Fleur de Rocaille. *Desceste a escadaria de mármore, teu vestido longo e negro drapejava, quase tocava o chão, vieste ao encontro de José Cármio, que te esperava na sala, ao lado do piano, vestido a rigor. Um colar de pérolas enfeitava teu pescoço, tinhas a cabeça alta, valorizada pelo bucle armado com laquê. O negro usava uma gravata-borboleta, camisa branca, terno azul-claro, de puro linho, sapato de bico fino, cravo vermelho na lapela. Ah eu queria*

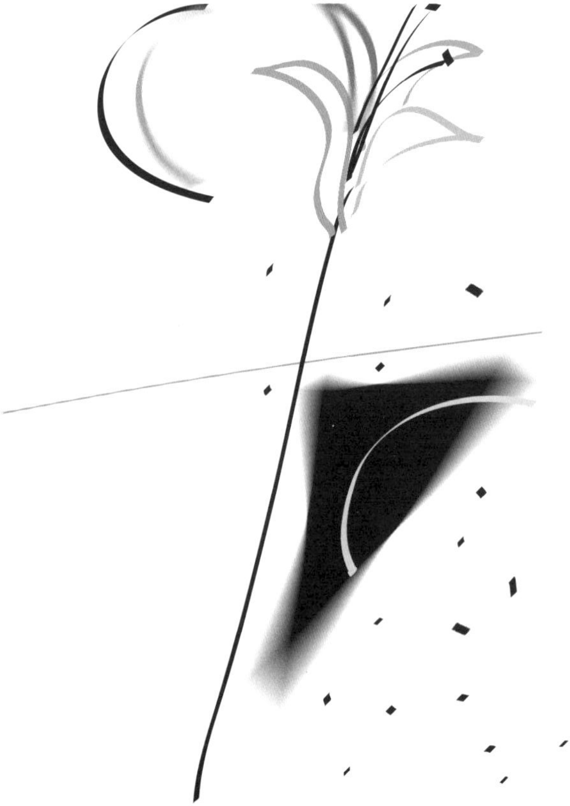

ter te visto, tia, rodopiando no salão nos braços de teu noivo, ao som das valsas de Strauss, Augustín Lara, Dolores Duran. Sequer terminaste a primeira marca, como então se dizia, e o que teu pai temia aconteceu. Agora, te vejo noutro plano, além desse em que estás, serena, como que feliz porque cumpri bem a missão que me deixaste. Vens curvada, desces a escadaria de mármore sem a alegria daquela noite, os teus ossos parecem estalar no interior da carne, tens a conta maior a ajustar em breve, trazes na ponta dos dedos da mão esquerda a carta, com o post-scriptum, *onde declaraste teu último desejo, a mão direita apoia-se no corrimão. Pensavas em me pedir que eu abrisse o envelope somente depois, não te furtarias a me deixar morto de curiosidade com o suspense, mesmo que vivesses mais dez anos. Tia, podias ter cessado o teu bulício, tu não precisavas correr ao jardim, o sol crestava as folhas dos milharais e ressecava as sementes dos girassóis, tinhas perdido um molar, devias ter tomado um banho de imersão, repousasses um pouco, velha teimosa. Por que não despejaste xampu de* Algemarin *na água tépida, por que não te deitaste na banheira e te masturbaste, pensando no negro? Largaste a carta sobre a mesa e te arrastaste para o quintal. Mais tarde, alguém te encontrou, o corpo ainda quente, caída sobre uma touceira de espinhos, morta.*

Tia, sei que desejavas um grande velório, uma espécie de vingança tardia. Mas sequer as noivas que presenteaste vieram, exceto a negra Quitéria. Herdaste tantos imóveis do velho Gustavo, ações em bancos e empresas, vastas extensões de terras férteis, que podias te dar ao luxo de fazer extravagâncias, como esta de presentear noivas desconhecidas. Mas teu gesto, tia Circe, não era segredo, toda a cidade conhecia tua mania e, desde o baile, julgavam-te ruim da cabeça. Nas noites em que saías às ruas, antes do amanhecer, no instante em que — como o dizias — as potências noturnas estavam por ser vencidas pelas diurnas, quando as trevas lentamente se retiravam para o interior da terra, eles te espiavam pelos desvãos das portas, pelas frestas das venezianas, e murmuravam lá vai a doida. *Houve um tempo, sim, em que arderam de curiosidade, passaram semanas intrigados. O que levarias na cesta de vime, se perguntavam. Um dos rapazes, incapaz, como os outros, ocos e lineares, de conviver com o mistério, te seguiu, esgueirando-se por ruelas sujas e esburacadas. Andou atrás de ti por várias quadras e te viu abandonar o balaio ao pé da porta de um casebre. Sem escrúpulo, assim que retornaste ao casarão da Rua Sete, abriu-o e encontrou as peças de um enxoval de noivas:* lingeries, *luvas, toalhas bordadas a mão, meias de crochê e de tricô. Depois, deve ter contado aos outros, e eles riram outra vez, como no baile. Toda doação é suspeita, jamais acreditei na tua bondade. Hoje compreendo que desejavas dar uma resposta à cidade, querias ter o velório mais concorrido. Mais uma vez, tia, te enganaste. Uma só, e negra como teu noivo, compareceu. Ajudou-me em tudo.*

"Tua tia foi uma pessoa maravilhosa, imagina que ainda ontem, quando abri a porta, encontrei uma

cesta de vime com um enxoval completo", ela me disse, os olhos pisados de chorar.

"Era", respondi e fitei teu rosto pálido. Aproximei-me do caixão, a grinalda descera para a testa, retoquei o pó de arroz, passei outra camada de batom vermelho nos teus lábios, ajeitei o véu.

"Não será um sacrilégio?", ela me perguntou.

"Talvez", eu disse, "mas, se for, Deus não entende nada dos homens."

Tia, assim que entrei no casarão, uma das mulheres da vizinhança, não sei se Estela ou Antônia, entregou-me a carta. Eu a abri no meio do caminho, no nono degrau da escadaria de mármore, detive-me, contei quantos estágios faltavam para o topo, e comecei a chorar. Quanto tempo fiquei ali a fitar a cortina de tule, o sofá de couro, a porta de acesso à cozinha, o relógio de pêndulo, o velho piano de cauda? Quero ser enterrada com meu vestido de noiva, me ordenavas. Entrei no quarto, que cheirava a coisa envelhecida, azeda, mistura de bolo, remédios e cânfora, e te encontrei já banhada, vestias um robe verde desbotado, teus cabelos brancos estavam esparramados sobre o travesseiro de penas. Tinhas os olhos cerrados e não pude fitá-los uma última vez, como o desejava. Eu não quis ficar sozinho, pedi às mulheres que me auxiliassem. Encontrei o vestido numa gaveta da cômoda, recém-lavado. Eulália ou Estela te despiu, no primeiro instante desviei o olhar, depois foi impossível. Eu precisava ajustar tuas carnes flácidas ao tecido branco, encaixar-te dentro do passado, mas não podes imagi-

nar o que o tempo fez contigo. Engordaste, não cabias mais no vestido de noiva, assim que precisei quebrar os teus ossos. Suspirei fundo, pensei em Joana e nos meninos, e afundei o teu esterno com um único golpe de mão fechada, tuas clavículas e omoplatas partiram-se como gravetos secos, um som cavo e soturno saiu-te da boca. Num primeiro instante, assustei-me com a facilidade com que teu corpo cedeu à pressão de meus músculos, para depois compreender que foi tão fácil afundar as tuas costelas e quebrar os teus ilíacos porque o amor, tia Circe, depois de trinta e seis anos de espera, acabou por amolecer os teus ossos.

Obras do autor

Romances, novelas e contos

Caminhando na chuva – 1982
Aventura no rio escuro – 1983
O pêndulo do relógio – 1984
A dentadura postiça – 1984
Você viu meu pai por aí? – 1986
A face do abismo – 1988
Dedos de pianista – 1989
Valsa para Bruno Stein – 1990
Quem faz gemer a terra – 1991
Um outro olhar – 1992
Mercúrio veste amarelo – 1994
Museu de coisas insignificantes – 1994
Borges que amava Estela & outros duplos – 1995
Os ossos da noiva – 1996
O guardião da floresta – 1997
O elo perdido – 1997
Antologia pessoal – 1998
Contos escolares – 1999
O poncho – 1999
O perdedor – 2000
Nós, os que inventamos a eternidade
e outras histórias insólitas – 2001
A última trincheira – 2002
O escorpião da sexta-feira – 2002
A poética do conto – 2004
Logo tu repousarás também – 2006
A revolta das coisas – 2009
O pêndulo do relógio e outras histórias
de Pau-d'Arco – 2009

Participações em antologias

Concença; Pesadelo; O menor padrão.
Companheiros de duro ofício – 1981

O poema de Maíra e outros poemas. Letras do Sul – 1981

A revanche; Profecias. Geração 80 – 1982

Reverência. Nova poesia – 1983

Atendimento a domicílio. Rodízio de contos – 1985

O menor padrão. Setecontos, setencantos – 1987

Dedos de pianista. O fino do conto – 1989

Só uma criança não sabe viajar. 100 anos na frente – 1990

Sacrifício de cavalo. Histórias de xadrez – 1991

Quando os caquis explodem na madurez
e querem dentes de menino.
Desconstrução & construção – 1991

Aqueles dias em Marienbad. Amigos secretos – 1994

Rosana que Porto Alegre comeu. Identidades – 1996

A última canafístula. Antologia crítica do conto gaúcho – 1998

A última canafístula; Dedos de pianista. Para ler os gaúchos – 1999

A poética romântica de José de Alencar nas cartas da "Polêmica
da Confederação dos Tamoios". Etnias & carisma – 2001

O boneco de neve. Pátria estranha – 2002

Morte súbita. Histórias dos tempos de escola – 2002

Só uma criança não sabe viajar. Travessias singulares – 2008

História de uma noite. Futuro Presente – 2009

Traduções

Três homens, dois meninos e um cachorro (Júlio Rosa) – 1992

Quem de nós (Mario Benedetti) – 1992

Perico (Júlio Rosa) – 1993

Busca-bichos (Júlio Rosa) – 1993

Assim se escreve um conto (Mempo Giardinelli, e outros) – 1994

Como aprendi a escrever (Máximo Gorki) – 1994

O pintor de lembranças (José Antonio Cañizo) – 1995

Editora Manole

Este livro – composto em Janson Text
no corpo 12,4/15,4 – foi impresso sobre
papel pólen soft $80g/m^2$ pela Prol Gráfica,
Barueri, São Paulo, Brasil.